Gabi Neumayer

Undercover City

Der Unsichtbare im Wald

Bisher erschienen:

Band 1:
Undercover City. Der Unsichtbare im Wald

Band 2:
Undercover City. Ein geheimnisvolles Spiel

Gabi Neumayer

UNDERCOVER CITY

Der Unsichtbare im Wald

Mit Illustrationen von Sebastian Meyer

GULLIVER
von BELTZ & Gelberg

MIX
Papier aus verantwortungsvollen Quellen
FSC® C008492
www.fsc.org

www.gulliver-welten.de

Neue Rechtschreibung
Coverillustrationen: Michael Bayer
Innenillustrationen: Sebastian Meyer
Gesamtherstellung: Beltz Bad Langensalza GmbH, Bad Langensalza
Printed in Germany
ISBN 978-3-407-74482-1
1 2 3 4 17 16 15 14

Name: Emily Brown
Alter: 11
Haare: rot und störrisch
Augen: braun
Besondere Merkmale: Sommersprossen, viel Fantasie (zu viel, meinen Mom und Dad)
Wohnort: ein Kaff irgendwo in Florida, morgen wahrscheinlich schon wieder woanders
Eltern: Donald, Ingenieur, und Maggie, Sprachwissenschaftlerin. Zumindest behaupten sie das.
Lieblingsfarbe: Blau
Lieblingstier: meine brasilianische Stofffledermaus Juanita (schon klar, für Stofftiere bin ich eigentlich zu alt)
Lieblingsort: jeder Ort, von dem wir nicht wieder wegziehen müssen
Hobbys: Monster suchen, Listen schreiben
Freunde: Jenny, die Erste, die nicht fand, dass meine Eltern total abgedreht sind, und die außerdem furzen kann wie ein Nebelhorn. Wir schreiben uns noch (natürlich heimlich, meine Eltern würden ausflippen!), aber ich werde Jenny vermutlich nie wiedersehen.
Was ich mag: Science-Fiction-Geschichten, Falafel, Schlösser knacken
Was ich nicht mag: Lügendetektoren, Metalldetektoren, Personenscanner und vor allem: Umzüge!

DAS ALLERLETZTE MAL

Mein Leben in Zahlen

0: Alter, in dem ich zum ersten Mal umgezogen bin

4: durchschnittliche Zahl der Dinge, die ich früher ablegen musste, damit der Metalldetektor in unserer Haustür nicht piepste

5: Dinge in meinem Leben, die länger als ein halbes Jahr bei mir geblieben sind: Mom, Dad, Juanita, der kleine blaue Koffer und mein Listen-Buch

6: Theorien über meine Eltern und unsere ständigen Umzüge: 1. Dad ist ein Meisterdieb und immer auf der Flucht. 2. Ich bin das Ergebnis eines Genexperiments, und die Regierung will mich fangen, um mich als Versuchskaninchen in ein Labor zu stecken. 3. Ich wurde als Baby entführt, und meine richtigen Eltern versuchen, mich aufzuspüren. 4. Mom ist die Dolmetscherin des Präsidenten. Von ihr hängt das Schicksal der Welt ab, darum sind fremde Mächte hinter ihr her. 5. Mom und Dad sind außerirdische Flüchtlinge. 6. Alles zusammen.

7: Sprachen, die ich spreche: Englisch, Spanisch, Französisch, Russisch, Arabisch, Mandarin und ein bisschen Swahili

36: Anzahl unserer bisherigen Umzüge

1.000.000: geschätzte Zahl der Passwörter, die ich schon in die Gegensprechanlagen unserer Häuser und Wohnungen geflüstert habe

Der kahlköpfige kleine Mann klingelte mitten in der Nacht. Emily wachte auf und wusste sofort, was los war. Niemand sonst klingelte so spät bei ihnen. Und sein Besuch konnte nur eines bedeuten: Sie mussten wieder umziehen. Aber anstatt wie sonst in Windeseile zu packen, tat Emily diesmal etwas, was sie nie zuvor getan hatte. Sie riss ihre Tür auf, schrie »Nein!« in den Flur und verriegelte die Tür. Plötzlich wurde ihr schwindelig und sie musste sich aufs Bett legen.

Sie hatte wirklich Nein gesagt! Das war undenkbar. Unfassbar. Außerdem war es völlig unmöglich. Sie konnten nicht bleiben. Sie konnten nie bleiben, wenn der kahlköpfige kleine Mann auftauchte. Vermutlich tat ihm das sogar leid – er verzog immer das Gesicht, als hätte er Zahnschmerzen –, trotzdem hasste Emily ihn mindestens ebenso sehr wie ihre Zahnspange. Denn wenn er kam, bedeutete das, sie mussten blitzschnell packen und Hals über Kopf das Haus verlassen. Um nie zurückzukehren.

Sechsunddreißigmal hatte Emily das bisher erlebt. Und wenn es je eine Weltmeisterschaft im Kofferpacken geben sollte, war ihr die Goldmedaille jetzt schon so gut wie sicher. Sie brauchte inzwischen nicht einmal mehr fünf

Minuten für ihre Umzugsvorbereitungen. Als Erstes holte sie ihren kleinen blauen Koffer aus dem Schrank und stopfte Juanita hinein, ihre brasilianische Stofffledermaus. Dann wanderte Emilys aktuelles Lieblingsbuch in den Koffer, und danach war immer noch Platz für zwei bis drei weitere Sachen. Danach schlug Emily ihr Listen-Buch auf, in dem der genaue Ort jedes ihrer Besitztümer verzeichnet war, und wählte etwas aus der Liste »Aktuelle Lieblingssachen« aus. Als Letztes warf sie das Listen-Buch selbst in den Koffer, schloss ihn mithilfe eines Fahrradgummis und rannte nach draußen, wo entweder ein Auto oder – sehr selten – ein Hubschrauber auf sie wartete.

Beim letzten Mal hatte sie vier Minuten und sechsundzwanzig Sekunden gebraucht.

»Emily?«

Emily schreckte hoch. Wie viel Zeit mochte vergangen sein, seit sie sich eingeschlossen hatte?

Moms Stimme klang nicht wütend, eher besorgt. Emily überlegte, ob sie die Tür öffnen sollte, aber da kam Mom schon herein. Dicht gefolgt von Dad, der seinen Taschendietrich in der Hand hielt. Da konnte man mal sehen, wie durcheinander Emily war: Sie hatte überhaupt nicht daran gedacht, dass Schlösser kein Hindernis für Dad darstellten.

Emily klammerte sich an einem Bettpfosten fest und kniff die Augen zusammen. Würden sie versuchen, sie zu überreden? Ihr Versprechungen machen, die sie nicht halten konnten? Oder würden sie sie einfach wegtragen, wie man es mit widerspenstigen Demonstranten machte?

Aber was dann tatsächlich geschah, darauf wäre Emily in tausend Jahren nicht gekommen.

Jemand streichelte ihr übers Haar. Dann hörte sie Mom sagen: »Okay.«

Emily öffnete die Augen, ließ den Bettpfosten aber noch nicht los.

»Was meinst du mit ›Okay‹?«

»Es ist das letzte Mal, ganz bestimmt.« Emilys Mutter

legte sich die Hand aufs Herz, um ihren Schwur zu bekräftigen. »Wir müssen noch ein allerletztes Mal umziehen und dann nie wieder.« Ihre letzten Worte gingen im Lärm eines Hubschraubers unter, und kurz darauf konnte Emily auch den beschwörenden Blick ihrer Mutter nicht mehr sehen, denn ihr Vater war zum Lichtschalter gehechtet und hatte das Deckenlicht gelöscht. Nur das Display seines Smartphones leuchtete noch.

»Gänsegeier, seid ihr das?«, flüsterte er hinein. Und, zu Emily und ihrer Mutter gewandt: »Runter!«

Mom zog Emily auf den Boden. Dad lief zum Fenster, drückte sich dort eng an die Wand und zog etwas aus der Tasche. Es war ein kleiner Spiegel auf einer Stange … Nein, das war ein Teleskop-Arm! Dad fuhr den Arm aus und hielt den Spiegel aus dem Fenster.

»Gänsegeier, meldet euch endlich, verdammt noch mal!«

»Was macht Dad da?«, wollte Emily wissen.

»Erklär ich dir später«, sagte Mom hastig. »Wichtig ist jetzt nur, dass du uns glaubst und mitkommst. Nur noch dieses eine Mal!«

Emily verschränkte trotzig die Arme, auch wenn das niemand sehen konnte. »Und wieso sollte ich euch glauben?«

»Schatz, wir haben uns lange auf diesen Tag vorbereitet«, rief Dad vom Fenster herüber. »Und wir müssen jetzt los. Bevor sie uns finden.«

»Bevor *wer* uns findet?«

Emilys Mutter seufzte. »Das erklären wir dir unterwegs, versprochen. Und ich schwöre dir, dass wir nur noch dieses eine Mal umziehen werden.«

»Selbst wenn wir wollten, könnten wir nicht wieder weg von dort«, murmelte Dad.

»Was soll *das* nun wieder bedeuten?«, rief Emily.

»Später«, sagte ihre Mutter. »Wenn wir unterwegs sind.«

»Ich will einen Beweis dafür, dass es das letzte Mal ist.«

»Was für einen Beweis denn?«

»Der Lügendetektor.«

»Wir haben keine Zeit mehr!« Dad schrie gegen den Hubschrauber an, der einen ohrenbetäubenden Lärm machte. Das Licht des Hubschraubers tanzte durchs Zimmer.

»Hier Gänsegeier«, drang es plötzlich raschelnd aus Dads Smartphone. »Wir landen. Wo zum Teufel steckt ihr?«

»Gott sei Dank, ihr seid es!«, stieß Dad hervor. »Wir kommen!« Er rannte zur Tür.

Aber Emily rührte sich nicht. Sie konnte einfach nicht. Sie brauchte Gewissheit, hier und jetzt. Und obwohl es ihr die Kehle zuschnürte, rief sie: »Ich fahre nirgendwohin, bevor …«

Dad sah fassungslos zu ihr herüber. Emily schluckte.

»Ist ja gut, ich mach's!«, rief Mom da.

Dad flitzte hierhin und dorthin und verstaute hektisch elektronische Geräte und Kabel in zwei Kisten. Der Koffer mit seinen Klaviernoten und dem Keyboard und Moms Tasche mit ihrem geliebten Seidenkaktus darauf standen bereits an der Haustür.

Emily beeilte sich, die letzte Elektrode an der Hand ihrer Mutter zu befestigen, die inmitten des Chaos regungslos am Küchentisch saß.

Mom hatte jetzt eine gewisse Ähnlichkeit mit den Verbrechern in Spionagefilmen. Nur sah sie viel netter aus, trotz der Gurte um Brust und Bauch, der Blutdruckmanschette am Arm, des Fingersensors und der Elektroden auf ihrer Handfläche. Aber von Moms harmlosem Aussehen ließ Emily sich nicht täuschen. Hier ging es um ihre Zukunft, da wollte sie absolut sicher sein, dass Mom die Wahrheit sagte.

»Also, erst einmal die Testfragen«, sagte Emily. »Wie heißt du?«

»Maggie Brown.«

Die Linie auf dem Computerbildschirm blieb gerade.

»Wie alt bist du?«

»Zweiunddreißig.«

Die Linie machte einen so heftigen Sprung, dass sie fast den Bildschirm verlassen hätte.

»Okay, achtunddreißig!«, rief Mom. Die Linie beruhigte sich. Emily nickte zufrieden.

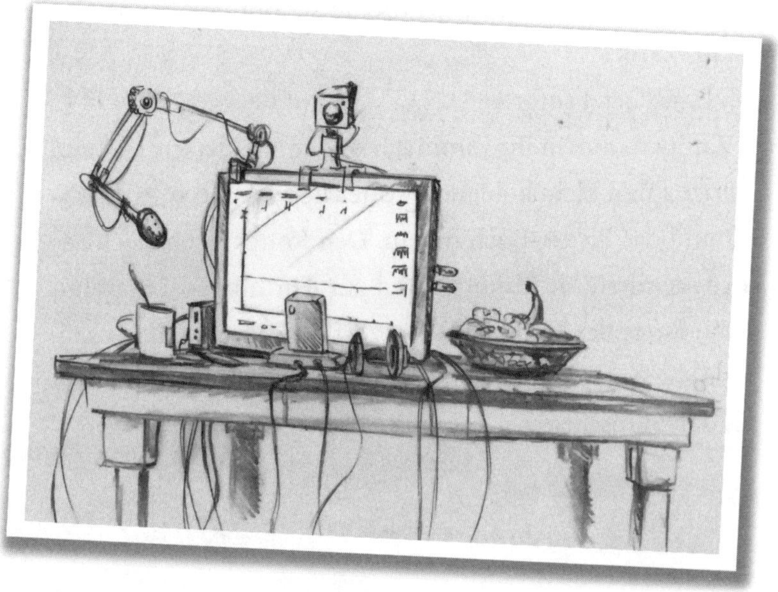

»Stimmt es, dass wir heute zum letzten Mal umziehen?«

Ängstlich starrte sie auf den Bildschirm, als Mom antwortete: »Ja, das schwöre ich.«

Die Linie sah aus wie mit dem Lineal gezogen. Ungläubig schaute Emily ihre Mutter an. Mom lächelte, pflückte sich eilig die Elektroden und Gurte vom Körper, wickelte die Kabel um den Laptop und rannte damit in den Flur.

Emily stand benommen da, während ihre Eltern hin und her hasteten und alles in den Hubschrauber verluden. Das letzte Mal? Das letzte Mal!

»Komm schon!«, rief Dad.

Emily lief los, doch dann drehte sie um und rannte ins Haus zurück.

»Emily, jetzt sofort!«

Emily rannte in ihr Zimmer, riss den Kleiderschrank auf, zerrte ihren kleinen blauen Koffer hervor und warf Juanita und das Listen-Buch hinein. Den Koffer fest an sich gedrückt, flitzte sie hinunter und zur Tür hinaus. Der Wind vom Rotor des Hubschraubers zerzauste ihre roten Locken, und die Kufen hoben bereits vom Boden ab, als Dad Emily in den Hubschrauber zog.

AM ABGRUND

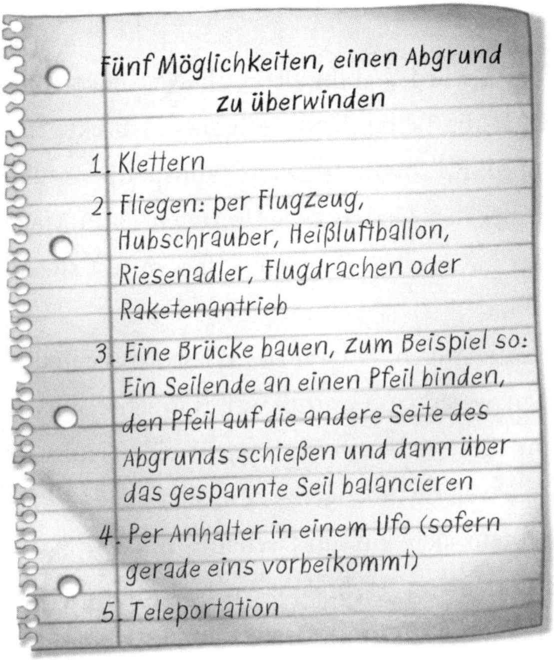

Fünf Möglichkeiten, einen Abgrund zu überwinden

1. Klettern
2. Fliegen: per Flugzeug, Hubschrauber, Heißluftballon, Riesenadler, Flugdrachen oder Raketenantrieb
3. Eine Brücke bauen, zum Beispiel so: Ein Seilende an einen Pfeil binden, den Pfeil auf die andere Seite des Abgrunds schießen und dann über das gespannte Seil balancieren
4. Per Anhalter in einem Ufo (sofern gerade eins vorbeikommt)
5. Teleportation

Trotz der Ohrenschützer, die sie tragen mussten, war es höllisch laut im Hubschrauber. Emily hatte keine Möglichkeit, ihren Eltern all die Fragen zu stellen, die ihr auf der Seele lagen: Wohin flogen sie? Würden sie wirklich dort bleiben? Und wer war hinter ihnen her?

Im Moment verfolgte sie jedenfalls niemand, soweit Emily das sehen konnte. Der Hubschrauber ratterte mutterseelenallein durch die sternenklare Nacht.

Emily entspannte sich ein wenig und rutschte tiefer in

ihren Sitz. Er war ziemlich unbequem. Hoffentlich waren sie bald da – wo immer »da« sein mochte …

Als Emily wach wurde, tat ihr alles weh: Nacken, Schultern, Rücken, sogar die Beine. Und sie hatte einen ekligen Geschmack im Mund von ihrer neuen Zahnspange. Nachdem sie die alte bei den letzten drei Umzügen jedes Mal vergessen hatte, hatten ihre Eltern auf diesem fest sitzenden Modell bestanden …

Sie öffnete die Augen. Wo war sie? Wieso saß sie in diesem unbequemen Sessel? Und warum war es so schrecklich laut? Dann fiel ihr alles wieder ein. Sie waren in einen Hubschrauber gestiegen, weil sie umzogen – zum allerletzten Mal!

Emily richtete sich auf und schaute hinaus. Sie hatte offenbar stundenlang geschlafen: Die Sonne ging gerade in einem Farbenmeer aus Pink, Orange und Rot auf. Ihr Licht erhellte Felder, einen Wald, einen Fluss und eine schlafende Kleinstadt.

Die Häuser der Stadt kamen schnell näher, als der Hubschrauber zur Landung ansetzte. Emilys Herz klopfte schneller. War das der Ort, an dem sie leben würden? Nicht nur ein paar Wochen, sondern … solange sie wollten?

»Alles raus hier!«, rief eine gedämpfte Stimme. »Schnell! Wir haben gerade erfahren, dass die Chinesen Wind von der Sache bekommen haben!«

Emily zog die Ohrenschützer aus. »Sind wir da?«

»Noch nicht.« Mom sah so frisch aus, als hätte sie gerade geduscht. »Na, alles fit, Schlafmütze? Du bist ja nicht mal beim Auftanken aufgewacht!«

Emily brummelte vor sich hin. Wie konnte man am frühen Morgen nur so ekelhaft munter sein?

Mom sprang auf und nahm einen Zettel von dem Hubschrauberpiloten entgegen. Emily hievte sich ächzend aus ihrem Sitz. Unten am Ausstieg wartete Dad schon, um ihr hinauszuhelfen.

Draußen gab es nicht viel zu sehen: Sie befanden sich auf dem Parkplatz eines Supermarktes, auf dem so früh am Morgen noch keine Autos standen – bis auf einen alten grünen Lexus. Mom und Dad nahmen Emily in ihre Mitte und sprinteten auf das Auto zu, im Rücken den heulenden Wind des abhebenden Hubschraubers.

Sie waren vielleicht noch hundert Meter von dem Lexus entfernt, als hinter dem Supermarkt ein Röhren zu hören war. Ein Motorrad kam um die Ecke geschossen und jagte auf sie zu.

»Scheiße!«, brüllte Dad.

»Donald!«, rief Mom.

»'tschuldigung!«, rief Dad.

Sie erreichten den Lexus fast im selben Moment wie das Motorrad. Als Emily ihre Tür zuschlug, trat Dad aufs Gas.

Röhrend machte der Lexus einen Satz, dann schlitterten sie über den Parkplatz.

»Verdammter Schotter«, fluchte Mom.

»Maggie!«, sagte Dad.

»'tschuldigung.«

Die Sekunden zogen sich wie Kaugummi. Das Motorrad kam wieder näher. Jetzt war es schon so dicht hinter ihnen, dass Emily die roten Flammen auf dem schwarzen Tank erkennen konnte!

Doch kurz bevor das Motorrad sie rammen konnte, hatten sie die Straße hinter dem Supermarkt erreicht. Dad riss das Lenkrad nach rechts. Das schwarze Motorrad schlitterte nur Zentimeter an ihnen vorbei.

In halsbrecherischem Tempo rasten sie durch die Kleinstadt, die zu dieser Zeit völlig ausgestorben wirkte. Der Motorradfahrer klebte an ihrer Stoßstange. Emily versuchte, das Knattern des Motorrads zu übertönen:

»Wer ist das?!«

Der Haltegurt schnitt ihr in die Brust, als Dad eine Vollbremsung hinlegte, um gleich darauf mit quietschenden Reifen durch den Holzzaun eines Obstgartens zu brechen. Emily starrte auf einen Mangobaum. Er schien direkt auf sie zuzurasen! Sie schrappten so eng daran vorbei, dass die Beifahrertür sich hässlich knirschend nach innen beulte und das Fenster mit einem Mal undurchsichtig wurde.

Mom rückte ein wenig von der Tür ab.

»Oh, das muss ein Auftragskiller sein«, sagte sie und wischte sich einige Splitter von der Hose, die aus der Mitte des Spinnennetzes gefallen waren, das eben noch das Beifahrerfenster gewesen war. »Die Chinesen haben ihn auf uns angesetzt«, fügte sie hinzu, als würde das die Sache einleuchtender machen.

»Geschichten ausdenken kann ich mir selber, vielen Dank«, murrte Emily.

Mom lachte, während sie den Obstgarten durch einen anderen Holzzaun wieder verließen, der ihnen splitternd Platz machen musste. »Wir erklären dir das alles, wenn wir da sind.«

»Wenn wir *wo* sind?«

»Maggie, kannst du mal eben vorlesen, wo wir jetzt lang müssen?« Dads Stimme vibrierte, weil sie inzwischen durch ein Maisfeld bretterten.

Mom sah auf den Zettel, den der Gänsegeier ihr gegeben hatte. »Hinter dem Feld scharf rechts und dann durch den Wald, immer am Fluss lang«, sagte sie.

Das Motorrad rammte die Stoßstange des Lexus. Emily wurde nach vorn geschleudert. Aber sie ließ nicht locker.

»Auftragskiller? Chinesen? Was zum Teufel soll das heißen?«

»Na gut«, sagte Dad. »Es ist so, Emily ... Deine Mutter und ich, wir sind Agenten.«

Mit einem Satz sprang der Lexus aus dem Maisfeld und kippte nach rechts, bis er nur noch auf zwei Rädern fuhr.

»Erklär du es ihr, Schatz.« Dad trat das Gaspedal durch.

Außerirdische Meisterverbrecher! Entführer! Klone!, schoss es Emily durch den Kopf.

»Aber Aliens seid ihr nicht?«, fragte sie, nur halb im Spaß.

Dad seufzte. »Eine Fantasie hat dieses Kind, unglaublich.«

»Nein.« Mom gluckste. »Wir sind keine Aliens. Nur ganz stinknormale Agenten.«

Sie hatten den Wald erreicht. Dad riss das Steuer des Lexus brutal hin und her, um den Bäumen auszuweichen. Emilys Gedanken rasten ebenfalls hin und her.

Der Lügendetektor, die Passwörter, der Personenscanner im Eingang, all die Umzüge bei Nacht und Nebel – jetzt ergab plötzlich alles einen Sinn! Als kleines Kind hatte Emily also genau das richtige Gespür gehabt. Aber Mom und Dad hatten alles getan, um sie davon zu überzeugen, dass das nichts als Hirngespinste waren. Angeblich waren sie nur deshalb so vorsichtig, weil Dad einen wichtigen Job bei einer international agierenden Firma hatte. Und weil die ihre bahnbrechenden Erfindungen vor Wirtschaftsspionen schützen musste, waren die Häuser ihrer Mitarbeiter so extrem gesichert. Dad hatte sogar immer einen Safe in seinem Arbeitszimmer unter einer losen Diele. Angeblich, um die Unterlagen sicher unterzubringen, die er aus der Firma mit nach Hause nahm. Aber in Wirklichkeit hatten Mom und Dad da drin ihr geheimes Agentenzeug versteckt!

Nur … Wenn Mom und Dad wirklich Agenten waren, dann mussten sie doch immer in Bewegung bleiben, damit ihre Feinde sie nicht aufspüren konnten. Wie konnten sie Emily dann versprechen, dass sie nie wieder umziehen musste? Wollten sie etwa das Risiko eingehen, dass feindliche Agenten sie fanden? Oder hatten sie vielleicht vor – Emily schluckte –, ihre Tochter wegzugeben? Und: Wieso gaben sie plötzlich bereitwillig zu, dass sie Agenten waren?

Als Emily hochblickte, hatten sie den Wald hinter sich gelassen. Der Motorradfahrer war ein wenig zurückgefallen.

Nur noch schwach konnte Emily sein Licht im Rückspiegel erkennen.

»Was habt ihr vor?«, fragte Emily. »Wo wollen wir hin?«

Sie fuhren jetzt auf einer schnurgeraden Straße. Die aufgehende Sonne beleuchtete eine Steinwüste mit einigen einsamen Kakteen. Und ein haushohes Plakat am Straßenrand: »Achtung: Arturo-Canyon in 0,5 Meilen!«

»Wir sind gleich da, Schatz«, presste Dad hervor. Seine Hände umklammerten das Lenkrad. Mom legte ihm die Hand auf den Oberschenkel.

»Dad!!«, schrie Emily. Aber da klaffte der Canyon schon vor ihnen auf wie das Maul eines hungrigen Riesen.

Dad trat das Gaspedal voll durch. »Keine Angst!«, rief er.

Und dann stürzten sie in den Abgrund.

DIE GEHEIME STADT

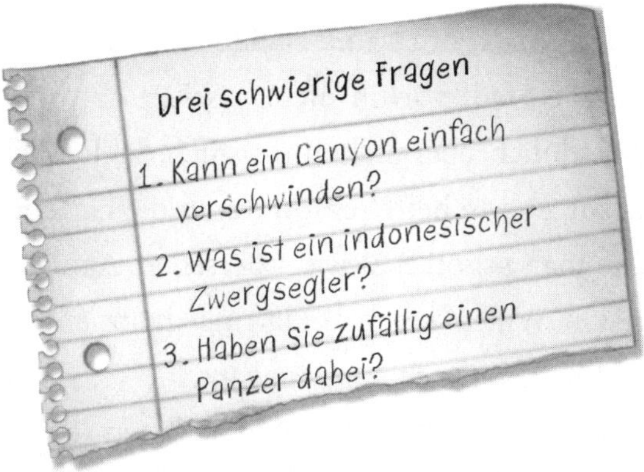

Ein zerschmettertes Auto am Grund eines Canyons. In seinem Dach steckt ein brennendes Motorrad. Das war das Bild, das Emily – die Augen fest zugekniffen – in ihrem Inneren sah.

Instinktiv lehnte sie sich zurück.

Gleich würden sie nach vorne fallen.

Gleich würde es kommen, das Gefühl, das Emily von der Achterbahn kannte: als würde einem der Magen in den Hals rutschen …

Aber ihr Magen blieb da, wo er hingehörte. Stattdessen stoppte der Lexus urplötzlich. Emily hörte Mom seufzen, und Dad sagte: »Da wären wir also.«

Vorsichtig öffnete Emily die Augen.

Vor ihr lag eine amerikanische Kleinstadt wie aus dem

Bilderbuch: eine lange Straße, links und rechts davon weiß gestrichene Holzhäuser mit gepflegten Vorgärten.

Emily drehte sich um – und zuckte zusammen.

Dass sie die Stadt vorhin nicht gesehen hatte, war zwar unwahrscheinlich, aber nicht unmöglich. Schließlich waren sie in halsbrecherischem Tempo durch die Gegend gerast, da konnte man schon mal was übersehen. Aber Emily fiel beim besten Willen keine Erklärung dafür ein, dass der Canyon plötzlich verschwunden war.

Stattdessen erstreckte sich hinter ihnen eine Straße. Und obwohl von dem Canyon weit und breit nichts zu sehen war, war das doch dieselbe Straße, auf der sie hierher gelangt waren: Emily konnte den Motorradfahrer erkennen, der mitten auf der Straße angehalten hatte, und eine halbe Meile entfernt sah sie das Schild, an dem sie vorbeigekommen waren.

»Achtung: Arturo-Canyon in 0,5 Meilen«, murmelte sie.

Dad öffnete mit einem Knopfdruck die Fenster. »Was hast du gesagt?«

Bevor Emily antworten konnte, ertönte eine fröhliche Stimme: »Willkommen in Undercover City, Leute!«

Emily schrak zusammen.

»Oh, sorry«, sagte die Stimme, immer noch fröhlich. »Ich bin Bob Smith, das Begrüßungskomitee. Und du musst Emily sein.« Eine behaarte Pranke kam durchs Fenster, ergriff Emilys Hand und schüttelte sie heftig. »Schön, dass ihr da seid! Steigt doch einen Moment aus, damit wir die Formalitäten erledigen können.«

Erst als Emily neben dem Auto stand, konnte sie den Mann in seiner Gesamtheit betrachten. Sein bestimmt zwei Meter langer hagerer Körper steckte in einem schmutzigen Overall, dessen Ärmel ihm viel zu kurz waren. Die Haare hatte er zu einem Pferdeschwanz zusammengebunden, der ihm fast bis zum Po reichte. Und er strahlte, als hätte er sich nichts sehnlicher gewünscht, als in aller Herrgottsfrühe zwei Agenten auf der Flucht samt ihrer Tochter in Empfang nehmen zu dürfen.

»Okay, Leute, dann erst mal die Parole.«

»Wenn der Gänsegeier die Veranda wischt, werden die traurigen Bügeleisen trällernd den indonesischen Zwergsegler beschimpfen«, sagte Mom wie aus der Pistole geschossen.

Bob lächelte breit und deutete auf einen Tisch, der neben der Straße stand. »Wenn ich dann mal um eure Waffen, Handys und so weiter bitten dürfte?«

Er kramte in den Taschen seines Overalls und zog schließlich ein Notizbuch hervor.

»Ah, da ist es ja.« Dann ratterte er eine schier endlose Liste herunter: »Handys, Messer, Pistolen, Revolver, Gewehre, Taser, Panzerfäuste, Schlagringe, Pfefferspray, Raketenabwehrgeschütze, Panzer, Lenkflugkörper, Kernwaffen, Pfeil und Bogen, Speere, jede Art von biologischen und chemischen Waffen, Munition jeglicher Art, Abhörgeräte jeglicher Art, technisches Equipment jeglicher Art wie Computer, Smartphones, Festplatten, USB-Sticks, Speicherkarten und Kartenleser …«

Bob schaute von seiner Liste auf. »Computer und so kriegt ihr später wieder, wenn sie durchgecheckt sind. Aber ich sag euch gleich: Verbindung zur Außenwelt gibt's hier nicht. Kein Internet, keine Handygespräche, außer denen auf unseren internen Handys. Undercover City ist komplett elektronisch abgeschirmt.«

Kein Internet? Das fing ja gut an!

Mom und Dad sahen sich kurz an, dann leerten sie zuerst ihre Hosen- und Jackentaschen und dann ihre Koffer aus.

Emily starrte fassungslos auf den immer größer werdenden Stapel, den ihre Eltern aufhäuften. Zuerst kamen die Smartphones, vier Stück. Dann zwei Pistolen – oder waren das Revolver? –, mehrere Pakete mit Munition, haufenweise Speicherkarten, ein Messer, mit dem man einen Bären hätte aufspießen können, und darüber hinaus unzählige kleine und größere Geräte, deren Funktion Emily nicht mal erraten konnte.

»Das ist alles«, sagte Dad schließlich.

Bob grinste. »Ach ja, euer Auto wird nachher übrigens noch gründlich überprüft.«

Mom seufzte, klappte die Fußmatte vor dem Beifahrersitz hoch, öffnete ein darunter verborgenes Fach und nahm ein Smartphone heraus.

Bobs Grinsen wurde noch breiter. »Dann können wir ja jetzt zur Leibesvisitation kommen, oder?«

Erstaunt sah Emily, wie Mom sich fluchend die Haare raufte. Sie warf zwei Dinger auf den Tisch, die wie Haarklammern aussahen.

Bob stieß einen anerkennenden Pfiff aus. »Mikrotaser, Respekt!« Dann wandte er sich zu Emily. »Und du, Emily? Irgendwelche verbotenen Dinge dabei?«

Emily schüttelte den Kopf. Mom und Dad erlaubten ihr ja nicht mal ein Handy! Jetzt konnte sie sich allerdings auch denken, warum. Schließlich wusste jedes Kind, dass man mit einem Handy jederzeit aufgespürt werden konnte. Und wenn Auftragskiller hinter einem her waren …

»Entschuldige, Emily«, sagte Mom gepresst. Sie öffnete Emilys kleinen blauen Koffer, nahm Juanita heraus, öffnete eine Naht und zog zwei winzige Speicherkarten aus dem Bauch der Fledermaus.

»Mom!«, rief Emily empört.

»Nimm's deinen Eltern nicht übel«, sagte Bob. »Klar, sie haben dich all die Jahre nach Strich und Faden belogen …«

Dad knurrte, und Bob fuhr schnell fort: »Aber das haben sie nur getan, um dich zu schützen. Und immerhin geben sie jetzt ihr ganzes früheres Leben auf, wegen dir.«

»Und was ist mit *meinem* Leben?«, fragte Emily. Mit einem Mal fühlte es sich an, als würde in ihrem Inneren ein Vulkan ausbrechen, der schon lange unter Druck stand. »Ich habe nicht darum gebeten, herzukommen! Was ist das hier überhaupt für ein komischer Ort? Was ist mit dem Killer, der uns verfolgt hat? Warum sind wir nicht in den Canyon gestürzt, und wo ist der eigentlich geblieben? Und …«

»Hey, hey, eins nach dem anderen«, unterbrach Bob sie. Und dabei lächelte er immer noch. Emily war so verblüfft, dass sie verstummte.

»Also, Emily Brown«, sagte Bob, »fangen wir mal am Anfang an. Du bist hier in Undercover City. Das ist die geheimste Stadt der Welt – und die letzte Zuflucht für Geheimagenten der US-Regierung, die aus irgendeinem Grund ihren Job aufgeben müssen.«

»Das ist doch Quatsch!«, entfuhr es Emily.

»Hör ihm einfach zu, Emily«, sagte Mom.

Bob fuhr fort: »Ich weiß, das ist schwer zu glauben. Man hört ja immer, dass Agenten nicht aussteigen können – nur indem sie sterben.« Er beugte sich verschwörerisch zu Emily hinunter. »Aber das ist nur ein Gerücht, das wir im Übrigen gezielt verbreiten. In Wahrheit kann jeder Agent aufhören und hier in Undercover City leben. Doch das ist eine endgültige Entscheidung: Für den Rest der Welt ist er damit im wahrsten Sinne des Wortes gestorben.«

Mom kicherte. Emily warf ihr einen bösen Blick zu.

»Und was ist mit dem Canyon?«

»Holografische Projektionen«, erklärte Bob ihr. »Undercover City ist von einem Netz aus Holoprojektoren umgeben, die einen Canyon in die Luft projizieren – so was wie ein dreidimensionales Bild, verstehst du? Das ist eine der Methoden, mit denen wir uns ungebetene Besucher vom Hals halten.« Er deutete die Straße entlang, auf der der chinesische Auftragskiller gerade von drei kräftigen Männern festgenommen wurde.

»Ich weiß, was ein Hologramm ist, vielen Dank!«

Bob grinste. »Okay, Leute, dann schlage ich vor, dass wir meiner Freundin Megan einen Besuch abstatten, bevor ich euch euer Haus zeige. Sie ist die Ärztin von Undercover City.«

»Ich nehme mal an, das ist ein Vorschlag, den wir nicht ablehnen können«, sagte Dad.

Bob lachte und stieg in den Lexus.

TAYLOR

Vier Dinge, auf die ich gut verzichten könnte

1. Zahnspangen
2. Spritzen
3. blaue Flecken
4. Lokalisierungsfunktionen

Megan Parkers Praxis lag nur ein paar Häuser die Straße hoch und sah überhaupt nicht wie eine Arztpraxis aus. Statt hochmoderner technischer Geräte gab es nur einen eleganten weißen Schreibtisch, ein Zitronenbäumchen – und ein Stethoskop, das um Dr. Parkers Hals hing.

Es summte leise, als sie eintraten. Dr. Parker blickte vom Schreibtisch auf und strich ihr langes blondes Haar zurück. Ihre grünen Augen leuchteten.

»Die legendären Browns! Ich freue mich so, euch kennenzulernen!«

Sie sprang auf und schüttelte zuerst Mom, dann Dad die Hand. Dads Hand schien sie gar nicht mehr loslassen zu wollen. Als er sich räusperte, errötete sie.

»Oh, tut mir leid. Ich kann es nur kaum fassen, dass ich die Hand schütteln darf, die vor zwei Jahren quasi im

Alleingang die unterirdische Festung von Bajanchongor geknackt hat!«

Dad lachte. »Ganz so war es nicht.« Er machte eine kleine Pause. »Ich habe auch noch die andere Hand benutzt.«

Mom stieß ihn in die Seite, und die Erwachsenen lachten. Emily runzelte die Stirn. Bedeutete das etwa, dass Dad so was wie eine Berühmtheit in Agentenkreisen war? Trotz der Offenbarungen heute wusste sie offenbar immer noch viel zu wenig über ihre Eltern. Die beiden konnten sich schon mal auf ein langes Verhör einstellen!

Dr. Parker wischte sich Lachtränen aus den Augen. »Dann wollen wir mal.«

Sie sah auf den Computerbildschirm, der auf ihrem Schreibtisch stand, und nach einigen Mausklicks nickte sie zufrieden.

»Alles in Ordnung so weit. Maggie, du wirst über kurz oder lang eine Brille brauchen. Emily, wir werden deine Zahnspange neu einstellen, und du solltest etwas mehr Eisen zu dir nehmen. Aber das ist auch schon alles.«

»Woher wissen Sie das denn?«, platzte Emily heraus.

Dr. Parker lächelte. »Hast du das Summen bemerkt, als ihr hereingekommen seid? Das war unser medizinischer Scanner. Er hat euch komplett durchleuchtet, eure Blutwerte ermittelt und noch alles Mögliche andere und darüber hinaus eine DNA-Analyse gemacht.«

»Wow!«, rief Dad.

Emily war ebenfalls beeindruckt. Aber …

»Wenn es hier Scanner gibt«, sagte sie, »warum hat der Sheriff uns dann nicht einfach mit einem Personenscanner durchleuchtet, statt uns zu durchsuchen?«

»Gute Frage«, sagte Dr. Parker. »Tatsächlich hat Bob immer einen tragbaren Personenscanner dabei. Aber er gibt den Leuten gern die Chance, selbst zuzugeben, was sie hereinschmuggeln wollen, bevor er ihn benutzt. – Bob hat jahrelang undercover in einem alternativen Mönchsorden gelebt, das prägt einen fürs Leben.« Sie nahm eine Art dicken Stift aus einer Schublade. »Wenn ich dann noch um eure Oberarme bitten dürfte …?«

Dad hielt ihr als Erster den Arm hin, und Dr. Parker drückte den Stift gegen seinen Arm. Es zischte. Dad verzog das Gesicht.

»Schon vorbei! – Maggie?«

Auch Mom ließ die Prozedur klaglos über sich ergehen. Die Ärztin lächelte Emily an.

»Und jetzt die kleine Lady.«

Emily verschränkte die Arme. Sie hasste Spritzen. Und überhaupt wollte sie erst mal wissen, was das für ein Stift war. Wurden sie geimpft? Wogegen?

Doch bevor sie ihre Fragen stellen konnte, flog die Tür auf, ein Mädchen mit kurzen braunen Haarstacheln stürmte herein und rief: »Nicht! Lass dich auf keinen Fall stechen!«

Sie packte Emily am Arm und zog sie von Dr. Parker weg.

»Au!«, rief Emily.

»Sorry«, keuchte das Mädchen, dessen lila Jeans mehr Löcher hatten als ein Schweizer Käse, »aber du wirst mir noch dankbar sein.«

Das bezweifelte Emily. Sie würde garantiert einen blauen Fleck bekommen, wo das seltsame Mädchen zugepackt hatte wie ein Schraubstock.

»Taylor«, stöhnte Dr. Parker. »Bitte nicht schon wieder …«

»Aber es ist falsch! Und du weißt das genau«, rief Taylor.

»Worum geht …«, begann Mom.

Taylor fuhr zu ihr herum, die Augen aufgerissen. Sie waren genauso grün wie die von Dr. Parker.

»Der Chip! Sie hat Ihnen schon einen implantiert, oder?«

Ein Chip also. Vielleicht war es ja doch ganz gut, dass Taylor aufgetaucht war. Auch wenn sie Emily fast den Arm abgerissen hätte.

»Der Chip dient nur dazu, euren Gesundheitszustand zu überwachen«, erklärte Dr. Parker.

»Hah!«, sagte Taylor. »Und damit man jederzeit weiß, wo ihr seid. Das sagt sie euch natürlich nicht!«

»Stimmt das?«, wollte Emily wissen.

Dr. Parker strich sich eine Haarsträhne hinters Ohr. »Theoretisch schon.«

»Da habt ihr's!«, rief Taylor triumphierend.

»Aber«, sagte Dr. Parker, nun lauter, »die Lokalisierungsfunktion wird nur aktiviert, wenn jemand verschwunden oder höchstwahrscheinlich in Gefahr ist. Ansonsten ist das strikt verboten.«

»Klingt doch ganz vernünftig«, sagte Dad beschwichtigend.

»Vernünftig?!« Taylors Stimme überschlug sich. »Haben Sie eigentlich eine Ahnung, was man mit so einem Chip alles machen kann? Die Lokalisierungsfunktion ist da nur die Spitze des Eisbergs!«

»Taylor, es reicht!«, sagte Dr. Parker energisch. »Die Pause ist längst vorbei, also zurück in die Schule!«

»Bin ja schon weg!«

Zu Emilys Überraschung ging Taylor, ohne weiter zu protestieren.

»Entschuldigt, meine Tochter hat ziemlich viel … Temperament«, stöhnte Dr. Parker.

»Und Fantasie offenbar auch. Ich weiß, wie das ist«, sagte Mom mit einem schnellen Seitenblick zu Emily. Emily starrte finster zurück.

»Eigentlich nicht«, seufzte Dr. Parker. »Taylor kann nur geradezu unheimlich gut mit Computern umgehen, darum überschätzt sie unsere Möglichkeiten manchmal.«

Sie wandte sich zu Emily. »Deinen Arm, bitte.«

Emily zögerte. Vielleicht war ja etwas dran an dem, was Taylor gesagt hatte? Andererseits: Undercover City war jetzt ihr Zuhause. Da wollte Emily nicht schon am ersten Tag aus der Reihe tanzen.

Sie hielt Dr. Parker ihren Arm hin und kniff die Augen zu.

STADTFÜHRUNG MIT SHERIFF

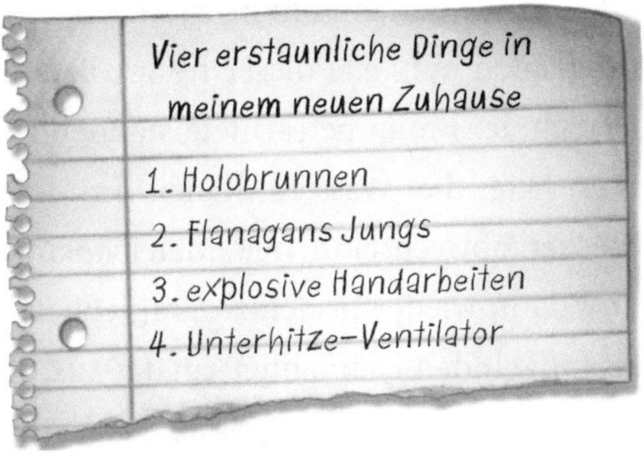

Draußen überreichte Bob Smith jedem von ihnen ein Handy.

»Sie funktionieren nur im stadteigenen Netz«, sagte er.

Emily verkniff sich ein Grinsen. Das hier war ihr erstes eigenes Handy, da würde sie sich sicher nicht beschweren.

Sie stiegen in den schmutzigen gelben Dodge des Sheriffs, der in gemächlichem Tempo, aber nahezu lautlos dahinglitt.

»Elektromotor«, sagte Bob Smith. »Echt feine Sache. Schont die Umwelt und die Ohren – und die Verbrecher hören einen auch nicht kommen.« Er lächelte, als er Dads Blick sah. »Nicht, dass wir hier viele Bösewichte hätten. Eigentlich gar keine, wenn man mal von Falschparkern und nächtlichen Ruhestörern absieht«, fügte er mit leisem Bedauern hinzu.

Bei ihrer Ankunft hatte Emily Undercover City zunächst für eine normale Kleinstadt gehalten. Doch als sie jetzt langsam die Straße entlangfuhren, fielen ihr immer mehr Merkwürdigkeiten auf. Wie dieser riesige Brunnen gleich neben der Schule. Emily betrachtete staunend durch das Rückfenster, wie die Wasserfontänen in dem runden Marmorbecken abwechselnd viele Meter hoch in die Luft stiegen und dann wieder in sich zusammenfielen. Wie ein Ballett aus funkelnden Diamanten sah das aus.

Emily drehte sich nach vorne. »Mom, Dad, seht mal!« Sie deutete nach hinten.

Mom drehte sich um. »Herrlich!«, rief sie. »Das erinnert mich an Rom, Donald, weißt du noch?«

Dad verrenkte sich den Hals und nickte dann. »Aber sicher, der Neptun-Brunnen auf der Piazza Navona. Nur dass Neptun hier seinen Dreizack in die Luft reckt, statt einen Kraken damit zu erstechen.«

Neptun? Dreizack? Emily fuhr herum – und traute ihren Augen nicht. Ja, da war immer noch ein Brunnen zu sehen. Aber das Becken mit den Wassersäulen war verschwunden, und stattdessen floss das Wasser an einer riesigen Skulptur des römischen Meeresgottes herab!

»Aber … Da war eben …«

Bob Smith lächelte sie im Rückspiegel beruhigend an. »Holografie«, sagte er. »Eine Idee unserer Stadtplaner. So haben sie immer was zu tun.« Er zwinkerte Emily zu. »Ehemalige Agenten können ganz schon unruhig werden, wenn sie gezwungen sind, an einem Ort zu bleiben.«

Das konnte Emily sich gut vorstellen. Hoffentlich gewöhnten Mom und Dad sich hier gut ein …

Ein Feuerwehrwagen überholte sie mit lauter Sirene, schnitt ihnen den Weg ab und kam mit quietschenden Reifen vor ihnen zum Stehen, direkt unter einer gewaltigen Ulme. Sofort sprangen zwei Feuerwehrleute heraus und kletterten in einen Korb am Ende einer Leiter, die beide immer höher in die Luft hob. Offenbar saß da jemand in dem Baum fest, eine Katze vermutlich.

Emily blinzelte und sah noch einmal hin. Nein, Katzen glänzten nicht in der Sonne. Irgendetwas Metallisches musste da oben im Baum sitzen. Ein Art doppelter Kasten mit beweglichen Stangen …

Der Sheriff umrundete den Feuerwehrwagen, der die halbe Straße blockierte.

»Alles klar, Jimmy?«, rief er und lehnte sich aus dem Fenster.

Einer der Männer im Korb winkte ab. »Nur einer von Flanagans Jungs. Den haben wir gleich!«

Bob Smith zog den Kopf wieder ein, und sie fuhren weiter.

»Das sah aber nicht wie ein Junge aus«, murmelte Emily vor sich hin.

Der Sheriff lachte. »Flanagan ist Neurologe und Kybernetiker. Er liebt Roboter und baut ständig neue, obwohl das, streng genommen, verboten ist. Niemand darf geheime Technologie aus seinem früheren Leben nach Undercover City mitbringen. Normalerweise bleiben Flanagans Jungs auch in seinem Keller, aber manchmal büxt doch einer aus.«

Holografische Brunnen, Roboter, die auf Bäume kletterten … Emilys neues Zuhause gefiel ihr immer mehr. Langweilen würde sie sich hier sicher nicht.

Bob Smith setzte seine Stadtrundfahrt in aller Ruhe fort.

»Da drüben liegt das ›CIA‹, die beliebteste Bar der Stadt. Und hier wohnen Helen und Brad Jones.«

Er deutete auf ein hellblau gestrichenes Holzhaus mit einer ausladenden Veranda, auf der eine weißhaarige alte Frau saß. Sie winkte ihnen freundlich zu. Ein ebenso alter hagerer Mann kniete unter den Holzbohlen.

»Wow«, hauchte Mom ehrfürchtig.

»Unglaublich, oder?« Bob wandte sich zu Emily um. »Helen und Brad Jones haben öfter die Welt gerettet als Superman und James Bond zusammen.«

Emily betrachtete die beiden alten Leute ungläubig. Die Frau nähte in aller Seelenruhe an einem dunkelblauen Overall, während der Mann unter der Veranda herumkroch und laut fluchte. Dann hob er triumphierend etwas auf, das wie ein Bündel aus Kordeln aussah. Er richtete sich auf und stieß sich dabei den Kopf an der Veranda, was ihn erneut zum Fluchen brachte. Er wurde erst leiser, als seine Frau ihm ein Glas Eistee gegen die Stirn drückte.

Dad runzelte die Stirn. »Sind das Zündschnüre?«

»Nein«, sagte Bob. »Makramee. Brad probiert jede Woche ein neues Hobby aus, aber bisher hat er noch nichts gefunden, was ihm genauso viel Spaß macht wie das Bombenentschärfen.«

Kurz darauf bogen sie in eine Seitenstraße ein, und der Wagen ruckelte über den ungepflasterten Weg. Die Mittagssonne brannte auf sie herab, und plötzlich merkte Emily, wie müde sie war. Sie lehnte sich zurück und schloss die Augen. Sie würde noch genug Zeit haben, Undercover City kennenzulernen. Unmengen an Zeit. Den Rest ihres Lebens …

»Emily, wir sind da!«

Sofort war sie wieder hellwach. Dad stieg aus dem Auto und ging auf das Haus zu. *Ihr* Haus. Wie ein Märchenschloss kam es Emily vor – ein sehr kleines Schloss, zugegeben –, wie es da auf seinen hölzernen Pfosten über dem Waldboden thronte, inmitten von Pinien. Sie schnappte sich ihren kleinen blauen Koffer und rannte hinein.

Ein harziger Holzduft, den Emily sofort liebte, schlug ihnen entgegen. Der Flur war klein, aber hell und freundlich. Hinter einer der vier Türen, die vom Flur abgingen, lag ein geräumiges Wohnzimmer mit einer Essecke aus weiß gebeiztem Holz, und hinter der Fensterfront war ein riesiger Garten zu sehen. Direkt dahinter begann der Pinienwald, und als Dad die Terrassentür öffnete, erfüllten die Schreie von Vögeln und das Rauschen des Windes sogleich den ganzen Raum.

Mom hatte inzwischen die Küche entdeckt und stieß kleine Schreie des Entzückens aus. Als Emily und Dad dazukamen, hielt sie eine riesige Emaillepfanne an die Brust gedrückt und deutete aufgeregt um sich.

»Seht euch nur diesen fantastischen Herd an! Mit …«, sie las von einem Aufkleber ab, der am Herd klebte, »… fünf Einschüben, Pizzastufe und Unterhitze-Ventilator! Man kann ihn sogar übers Handy steuern, wenn man nicht zu Hause ist!«

Dad und Emily sahen sich an und prusteten los.

»Was ist denn so komisch?«, fragte Mom verwirrt.

»Du hast doch noch nie mehr als ein Rührei gekocht«, stieß Dad hervor.

Mom straffte die Schultern und warf ihnen einen strengen Blick zu.

»Nun, aber ich wollte es immer schon lernen. Und so schwer kann das ja nicht sein. Erinnert ihr euch noch an Bayina, unsere Nachbarin in Daressalam? Die konnte kaum lesen – aber kochen konnte sie.«

Emily erstickte fast vor Lachen. Trotzdem brachte sie hervor:

»Aber das eine hat mit dem anderen nicht viel zu tun, oder, Mom?«

»Pah!« Mom wandte sich beleidigt ab. »Ihr werdet schon sehen.«

»Bestimmt gibt es in Undercover City auch einen Pizzaservice«, flüsterte Dad Emily zu.

»Das habe ich gehört!«, rief Mom.

Emily flüchtete. Sie lief die Treppe hinauf, öffnete die Tür zum Badezimmer – grünblaue Kacheln und eine Riesenwanne, in der man stundenlang lesen und Listen schreiben konnte –, und dann fand sie ihr Zimmer. Ein heller Holzboden, ein riesiges halbrundes Holzfenster mit zarten Schnitzereien, durch das sie den Wald sehen konnte, ein Erker mit einem kleinen Fenster gleich neben dem Bett, ein deckenhoher gewaltiger Kleiderschrank mit einem Spiegel, ein Schreibtisch, an dem drei Leute gleichzeitig arbeiten konnten ... Wenn Emily sich ihr Traumzimmer hätte aussuchen können – es wäre genau wie dieses hier gewesen.

Aber es ist viel zu groß, dachte sie plötzlich. Sie legte Juanita aufs Bett, verstaute ihr Listen-Buch in einer der drei Schreibtischschubladen und legte den Rest ihrer wenigen Habseligkeiten in den Kleiderschrank. Dann wurde ihr klar, dass sie ja nie wieder wegziehen musste. Sie hatte alle Zeit der Welt, um dieses große Zimmer mit dem zu füllen, was sie sich wünschte.

Emily setzte sich auf die Fensterbank und sah hinaus.

Der Garten war ziemlich verwildert, aber dahinter begann der Wald: Pinien, wohin sie schaute, und in der Ferne glitzerte ein See. Bestimmt gab es da draußen jede Menge Geheimnisse zu entdecken …

»Wir fahren in die Stadt, einkaufen!«, rief Mom von unten. »Kommst du mit?«

Emily flitzte hinunter in den Flur. »Ich würde mir lieber den Wald ansehen.«

»Das ist viel zu gefährlich!«, brauste Dad auf. »Wer weiß, welche …«

Mom legte ihm eine Hand auf den Arm.

»Donald, wir sind hier in Undercover City. Sicherer könnten wir es gar nicht haben. Emily ist ein vernünftiges Mädchen, und außerdem hat sie den Chip.«

Emily nickte heftig. »Genau! Ich bin auch ganz vorsichtig. Und mein Handy habe ich ja auch dabei.«

Dad schüttete den Kopf, dann sah er Emily ernst an.

»Na gut. Ich will dich ja nicht einsperren. Aber sei vorsichtig, ruf uns an, sobald dir etwas komisch vorkommt, sieh zu, dass du in zwei Stunden zurück bist, und …«

»Das reicht!«, riefen Emily und Mom gleichzeitig.

Dad hob in gespielter Verzweiflung die Hände und ließ sie gleich wieder sinken.

»Nur eines noch: Pass auf die holografische Grenze auf. Wenn du die überschreitest, schlägt dein Chip Alarm, und dann werde ich …«

Emily stöhnte. Vielleicht sollte sie doch versuchen, den Chip wieder loszuwerden?

JOHN

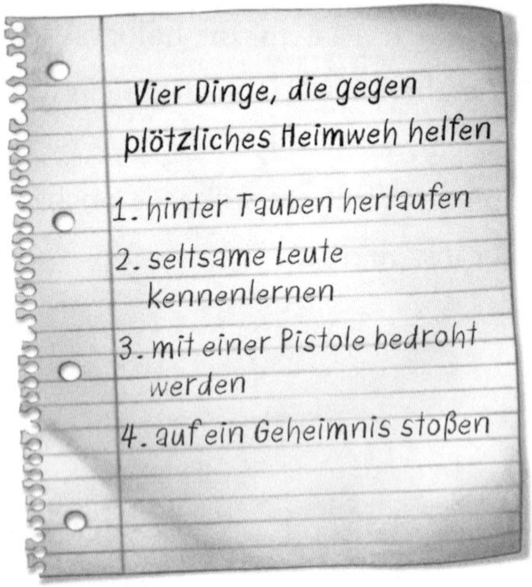

Draußen duftete es intensiv nach Pinien, und der Boden gab unter Emilys Schritten ein wenig nach. Oben in den Bäumen raschelte es, als sie drei Vögel aufscheuchte.

Tauben? Nicht gerade typische Waldbewohner. Emily runzelte die Stirn. Das war seltsam. Was Jenny wohl dazu sagen würde?

Plötzlich war da ein Kloß in Emilys Hals. Ihre beste Freundin – sie würde sie niemals wiedersehen. Und wenn Undercover City so gut abgeschirmt war, wie es aussah, konnte sie ihr nicht mal eine Nachricht schicken. Jenny würde denken, Emily hätte sie vergessen …

Emily begann zu laufen, hinter den laut gurrenden Tauben her. Schon bald klebte ihr das T-Shirt am Körper, und sogar ihre Arme waren schweißnass, aber sie hielt mit den Vögeln mit.

Die Bäume standen hier nicht sehr dicht, trotzdem sah Emily kaum Tiere. Einmal entdeckte sie einen Waschbären, der gerade hinter einem Erdhügel verschwand, kurz darauf sah sie eine grün schillernde Eidechse einen Baum hochlaufen. Und natürlich umschwirrten sie auf Schritt und Tritt Mücken und Libellen. Der Waldboden war mit abgefallenen Piniennadeln bedeckt, und hier und da leuchteten Emily zarte weiße Orchideen oder kleine violette Lilien entgegen.

Nach einer Weile achtete sie nicht mehr auf den Weg. Darum bemerkte sie den Ameisenhügel erst, als sie fast darüber stolperte. Emily bremste abrupt und ließ sich auf die Knie nieder, um sich den Hügel genauer anzusehen.

Wenn man die großen schwarzen Ameisen betrachtete, kam es einem fast so vor, als wären es intelligente Lebewesen. Sie schienen einen genauen Plan zu haben, was jede von ihnen zu tun hatte. Vielleicht brauchte Emily auch einen Plan für ihr neues Leben in Undercover City?

Einige Ameisen begannen sich für sie zu interessieren, und so stand Emily auf und lief weiter. Nach einer Weile sah sie aus dem Augenwinkel, dass sie nicht mehr allein war: Da lief ein Junge neben ihr! Wie lange war er wohl schon da? Er war etwa so alt wie sie und hatte lange dunkle Haare, die im Wind flatterten. Emily hätte ihn fast berühren können, aber trotzdem hörte sie nicht das geringste Geräusch. Er lief lautlos wie ein Indianer, während sie bei jedem Schritt Zweige zum Knacken und Piniennadeln zum Rascheln brachte.

»Hi«, sagte Emily.

Der Junge antwortete nicht.

»Ich bin Emily. Wir sind heute angekommen.«

Der Junge schwieg immer noch. War er nur schüchtern – oder vielleicht stumm?

Emily machte noch einen Versuch. »Und wie heißt du?«

Da packte er sie plötzlich am Arm. Emily schrie auf, doch er legte nur einen Finger an die Lippen und deutete nach vorne.

Etwa hundert Meter vor ihnen lag ein flaches Holzhaus. Und da waren auch die Tauben, hinter denen Emily hergelaufen war: Sie saßen gurrend auf dem Dach. Doch das bemerkte sie nur am Rande. Etwas anderes fesselte ihre Aufmerksamkeit.

»Scheiße …«, flüsterte sie, als der krummbeinige schokoladenbraune Hund mit gefletschten Zähnen auf sie zurannte.

Der stumme Junge lächelte und streckte die Arme aus. Und dann ging alles schneller, als Emily gucken konnte: Der Junge wirbelte durch die Luft wie ein asiatischer

Kampfsportler, der Hund sprang, ein ganzes Stück über dem Boden trafen Junge und Hund aufeinander, der Hund jaulte, der Junge schlang seine Arme um ihn, dann landeten beide sanft wieder auf dem Boden. Aber zu Emilys Verblüffung versuchte der Hund nicht etwa, den Jungen zu beißen, sondern warf sich auf den Rücken und ließ sich von ihm kraulen!

»Was soll der Lärm?«

Der Mann, der in der Haustür erschien, hatte eine Glatze und war kleiner als Emily, aber er konnte vor Muskeln kaum gehen – und er hielt eine Pistole in der Hand. Emily hob die Arme. Der Mann kam zu ihnen herüber und musterte sie.

»Na, John, wer ist denn deine kleine Freundin?«, fragte er.

»Ich bin nicht seine Freundin!«, gab Emily empört zurück und ließ die Arme wieder sinken, obwohl ihr die Pistole eine Heidenangst einjagte. »Und klein …«, sie sah auf ihn hinunter, »… bin ich schon gar nicht!«

Der Mann lachte.

»Sie heißt Emily und ist neu in der Stadt«, sagte John. »Und das«, er wandte sich an Emily, »ist Jack O'Malley.«

Der Junge konnte also doch sprechen.

»Na, dann will ich mal nicht so sein und dich nicht gleich an deinem ersten Tag hier erschießen.« Jack O'Malley deutete mit seiner Pistole auf das Haus, bevor er sie in den

Hosenbund steckte. »Kommt rein, ich habe gerade eine Kanne Kakao gekocht. Und du kannst mich Jack nennen.«

Emily zögerte kurz, aber dann siegte ihre Neugier. Sie folgte Jack, John und dem Hund ins Haus.

Offenbar war dieser Jack O'Malley ein Tiernarr.

Emily bahnte sich einen Weg durch die Hunde, die sich auf dem Boden und in den Sesseln räkelten, und versuchte gleichzeitig, nicht zu nah an die Schränke und Regale zu kommen, auf denen mehrere Tauben gurrend hin und her trippelten.

»Setzt euch.« Jack scheuchte zwei Schäferhunde vom Sofa und verschwand in der Küche. Kurz darauf war er mit einem Tablett voller Kakaobecher und Erdnussbutterkeksen zurück. Emilys Magen knurrte, und sie griff sofort zu.

»Macht hungrig, so ein Umzug, was?«, sagte Jack.

Emily konnte nur nicken, weil sie den Mund voller Kekse hatte.

»Ich bin froh, dass ich euch entdeckt habe, bevor ihr tiefer in den Wald laufen konntet«, sagte Jack. »Irgendwas geht da draußen vor …, und ich weiß noch nicht, ob es gefährlich ist.«

Er nahm eine Fernbedienung vom Tisch und richtete sie auf die einzige Zimmerwand, die nicht mit Regalen vollgestellt war. Die Wand begann zu wabern, dann erschien ein meterhohes Bild. Zuerst wusste Emily nicht, was darauf zu sehen war, doch dann erkannte sie die Pinien. Nur dass sie aus großer Höhe aufgenommen waren. Und dann bewegte sich das Bild, als würde die Kamera fliegen.

»Seht ihr das?« Jack hielt den Film an und deutete auf die Bäume.

»Ich sehe nur Pinien«, meinte Emily.

»Ganz genau!«, rief Jack so begeistert, als hätte sie etwas unglaublich Cleveres gesagt. »Nur Pinien! Keine Vögel, keine Mäuse, nichts! Und auf der Tonspur ist auch nur das Rauschen der Bäume drauf.«

»Du denkst also, irgendwas oder irgendwer im Wald macht den Tieren Angst.« John kraulte nachdenklich zwei Tauben die Köpfe, die neben ihm auf der Couch saßen.

Jack nickte. »Könnte ein Raubtier sein, vielleicht ein Puma oder ein Kojote. Oder eine von Flanagans Maschinen. Wer weiß, was der alte Roboterfreak in seinem Keller alles zusammenschraubt.«

Emily nickte wissend. Schließlich hatte sie einen von Flanagans Jungs, wie der Sheriff sie nannte, schon kennengelernt.

John lächelte, und mit einem Mal sah er wie verwandelt aus. Nicht mehr so düster, sondern – richtig nett.

»Du meinst, jemand in Undercover City hat Geheimnisse?«

Jack lachte gröhlend. »Der war gut, Junge!«

»Ist denn sonst noch irgendwas auf dem Film zu sehen?«, fragte Emily.

»Leider nicht. Dummerweise ist das Bild manchmal etwas verschwommen, und auf der Tonspur ist so ein Surren drauf. Hab keine Ahnung, was da kaputt ist. Aber sechs Augen sehen ja vielleicht mehr als zwei.« Jack spulte vor. »Hier ist so eine Stelle.«

Emily beugte sich vor, um nichts zu verpassen. Sie sah nichts als Bäume. Dann verschwamm das Bild kurz, gleichzeitig surrte etwas, und dann war es auch schon wieder vorbei.

Jack wiederholte die Sequenz, und diesmal konzentrierte Emily sich noch mehr. Aber sie konnte immer noch nichts erkennen. Es war, als ob jemand kurz über das Bild gewischt hätte. Oder als ob er so schnell durchs Bild gelaufen wäre, dass sie nur das Echo seiner Bewegung sahen …

Beinahe wäre Emily mit ihren Gedanken herausgeplatzt, aber im letzten Moment hielt sie sich zurück. Jack und John würden sie nur auslachen. Nichts und niemand konnte sich so schnell bewegen. Obwohl: Hatte es so etwas nicht mal bei Star Trek gegeben? Aber bevor Emily wieder einfiel, was damals in ihrer Lieblingsserie passiert war, unterbrach Jack ihre Gedanken.

»Na, jedenfalls, haltet euch vom Wald fern, solange wir

nicht wissen, was die Tiere erschreckt hat, okay?« Er drückte auf die Fernbedienung. Das Bild verschwand.

Als sie auf dem Weg nach Hause waren, fragte Emily: »Wie hat Jack eigentlich diese Filmaufnahmen gemacht? Es sah so aus, als hätte er eine fliegende Kamera verwendet.«

John sah sie lange an, und Emily kam es vor, als würde er sie einer Prüfung unterziehen. Schließlich sagte er: »Versprichst du, es niemandem zu erzählen?«

»Klar. Ich bin es gewohnt, Geheimnisse für mich zu behalten.«

»Willkommen im Club.«

Was sollte das nun wieder bedeuten? Welche Geheimnisse hatte John? Das hätte Emily zu gern gewusst, aber sie hielt sich zurück. Es hatte lange genug gedauert, bis er angefangen hatte zu sprechen, da wollte sie ihn nicht gleich wieder verschrecken.

»Jack hat früher Spürhunde und Fototauben trainiert. Die waren so was wie Kinder für ihn, darum konnte er sie nicht einfach zurücklassen, als er nach Undercover City kam. Obwohl es natürlich streng verboten ist, geheimes Material oder Tiere einzuschmuggeln.«

»Eine Fototaube«, sagte Emily, »fliegt also mit einer Kamera herum und macht Aufnahmen? So wie die, die Jack uns gezeigt hat?«

John nickte. »Er lässt seine Tauben regelmäßig Patrouille fliegen«, sagte er. »Alte Gewohnheit.«

Emily fiel etwas ein, was sie vor Kurzem in einem Spionagefilm gesehen hatte. »Ist das nicht eine ziemlich altmodische Methode? Ich meine, es gibt doch inzwischen diese computergesteuerten Drohnen, die man zur Überwachung einsetzen kann. Die sind viel kleiner als Tauben, und füttern muss man sie auch nicht.«

»Du hast wohl keine Haustiere, oder?«, fragte John.

»N… Nein.«

»Hab ich mir gedacht.«

»Ich wollte immer eine Katze haben«, fügte Emily leise hinzu. »Aber weil wir ständig umziehen mussten, ging das nicht.«

Eine Weile gingen sie stumm nebeneinander. Der Kloß in Emilys Hals wurde immer dicker. Wegen der Katze, die sie nie hatte haben dürfen. Und wegen Jenny, die sie so vermisste.

Nach einer Weile sagte John: »Tut mir leid.«

»Schon gut«, erwiderte Emily.

»Vielleicht erlauben sie dir ja jetzt eine Katze.«

»Vielleicht.«

Schweigend gingen sie weiter, aber jetzt machte es Emily nichts mehr aus. Sie dachte über das nach, was sie bei Jack erfahren hatten, und ein Plan begann in ihrem Kopf Gestalt anzunehmen. Er war ziemlich verrückt und nicht ungefährlich. Wenn doch nur Jenny hier wäre!

Aber sie war nicht da. Nur John war hier.

Als sie den Waldrand erreichten, gab sie sich einen Ruck.

»Morgen seh ich mir mal näher an, was da im Wald vor sich geht. Kommst du mit?«

Die Sekunden zogen sich wie Kaugummi, während John vor sich auf den Boden blickte. *Schon gut, vergiss es,* wollte Emily gerade sagen, da nickte er plötzlich.

»Ich bin dabei«, sagte er. »Um drei hol ich dich ab, okay?«

Und bevor sie antworten konnte, war er schon verschwunden.

Noch bevor sie ihr Haus sehen konnte, hörte Emily Mom rufen: »Donald, komm sofort da runter!«

Emily kletterte über den Gartenzaun, und da sah sie Dad auch schon. Er stand auf dem Dach, hatte irgendein Werkzeug zwischen die Zähne geklemmt und umklammerte mit beiden Armen den Schornstein. Mom stand mit in die Hüften gestemmten Händen auf der Terrasse und schaute halb wütend, halb ängstlich zu ihm hoch.

»Was macht Dad denn da?«, fragte Emily.

Mom schnaubte. »Dein Vater ist verrückt geworden! Er will eine Sirene auf dem Dach installieren. Dabei«, sie schoss wütende Blicke in Dads Richtung, »sind wir hier in Undercover City so ziemlich am sichersten Ort der Welt! Oder fühlst du dich vielleicht bedroht, Emily?«

Emily überlegte.

Sie war fast von einem Spürhund angefallen worden, und ein Mann, der illegal Tiere nach Undercover City geschmuggelt hatte, hatte sie mit einer Pistole bedroht. Außerdem war sie auf ein Geheimnis gestoßen, das den Tieren des Waldes Angst machte und das vielleicht auch für Menschen gefährlich war.

Sie lächelte. »Nein. Ich finde es super hier.«

Dads Fuß rutschte ab, eine Dachpfanne fiel zu Boden und zerschellte vor Emilys Füßen.

»Hast du das gesehen?!«, schrie Mom. »Du hättest fast deine Tochter erschlagen! Die einzige Gefahr hier bist du, Donald Brown!«

Dad erwiderte nichts, denn er klebte jetzt wie eine Eidechse mit allen vieren am Dach. Wie es aussah, konnte er weder vor noch zurück.

»Soll ich dir eine Leiter holen, Dad?«, rief Emily.

»Ja, bitte!«, rief Dad. Eine weitere Dachpfanne fiel, und Dad rutschte ein Stück übers Dach nach unten.

Emily fand die Leiter unter der vorderen Veranda zwischen den Holzpfosten. Kaum stand sie an der Wand, da kletterte Mom schon flink wie ein Eichhörnchen hinauf. Sie half Dad hinunter und brachte ihn dann ins Haus, während sie unentwegt schimpfte. »Sicherheitssirene! Wenn ich so was schon höre! Wir sind hier doch nicht in Pjöngjang!«

Emily folgte den beiden in die Küche und nahm sich eine Limo aus dem Kühlschrank. Während Mom Kaffee kochte, kehrten Dads Lebensgeister allmählich zurück.

»Also, Maggie, absolute Sicherheit gibt es nirgendwo. Das solltest du doch am besten wissen. Denk nur mal an die Festung des Scheichs von Lumabo. Niemand hat geglaubt, dass man dort einbrechen kann. Aber wir beide haben es trotzdem geschafft.«

Mom knallte eine Tasse Kaffee vor ihm auf den Tisch, sodass die Hälfte überschwappte.

»Aber hier wird niemand einbrechen«, sagte sie wütend, »weil niemand weiß, wo Undercover City liegt! Deshalb sind wir ja hierhergekommen: um in Ruhe und Frieden zu leben. Und ich werde nicht zulassen, dass du ein Gefängnis aus unserem Haus machst!«

»Na gut, das mit der Sirene war vielleicht übertrieben«, räumte Dad ein. »Aber, Schatz, wie wäre es mit einem Scanner an der Haustür? Nur ein ganz kleiner …«

»Kein Scanner!« Mom hielt einen Finger in die Höhe. »Und auch keine Parole durch die Gegensprechanlage«, der zweite Finger schnellte hoch, »keine Stolperdrähte im Garten«, der dritte Finger, »und nicht mehr als ein einziges Schloss an der Tür!«

»Aber dann wenigstens ein Sicherheitsschloss mit Selbstverriegelung und Panikfunktion«, verlangte Dad.

Mom sah grimmig aus, aber sie nickte.

Dad steckte Emily unter dem Tisch heimlich etwas zu, das wie ein schwarzer Flummi aussah, das aber, wie Emily wusste, in Wirklichkeit der Auslöser für eine Sirene war. Offenbar hatte er sie doch noch anbringen können, bevor Mom gekommen war. Außerdem enthielt der Flummi einen Sender, mit dem er überall lokalisiert werden konnte.

In der Steppe von Tansania hatte dieses Ding Emily schon

mal das Leben gerettet, aber in Undercover City würde sie es sicher nicht brauchen, da war sie mit Mom einer Meinung. Doch Dad sah sie so flehentlich an, dass sie den Flummi schnell einsteckte, bevor Mom etwas merkte.

DIE SELTSAMSTE SCHULE DER WELT

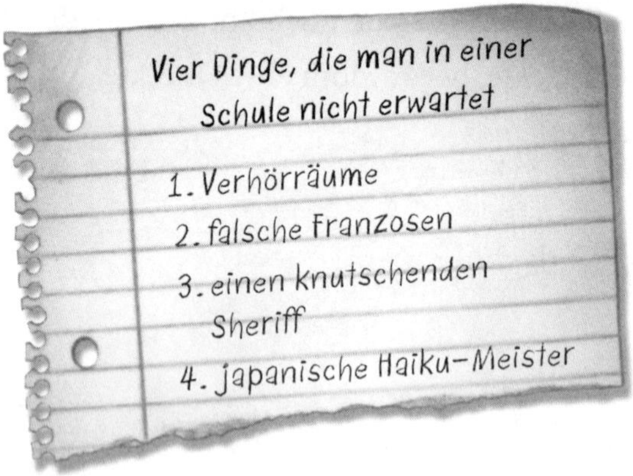

»Name?«

Die schneidende Stimme dröhnte ohrenbetäubend durch den winzigen Raum. Die Frau, zu der die Stimme gehörte, konnte Emily jedoch nicht erkennen. Sie blinzelte und drehte den Kopf zur Seite, aber die grelle Lampe verfolgte sie.

»Äh … Emily Brown«, brachte sie hervor.

»Eltern?«

»Ja«, sagte Emily, während sie sich duckte, um unter dem Lichtkegel der Lampe die andere Seite des Schreibtischs sehen zu können. Aber damit hatte die Frau offenbar gerechnet. Egal, wie Emily sich bewegte: Die Lampe schien ihr immer direkt in die Augen.

»Versuch nicht, Spielchen mit mir zu spielen!«

Emily zuckte zusammen. Die Stimme war noch lauter geworden, sie schnitt ihr jetzt wie ein Messer in die Ohren. Gleichzeitig klang sie merkwürdig verzerrt, und etwas rauschte …

»Wenn Sie das Mikrofon ausstellen, kann ich mich bestimmt besser konzentrieren!«, rief Emily in das Rauschen der Lautsprecherboxen hinein. Eine Weile passierte nichts, dann brach das Geräusch ab.

»Also, Namen der Eltern?« Die Stimme klang immer noch hart, war aber nicht mehr so laut.

Emily überlegte, ob sie einfach nichts mehr sagen sollte. Aber diese Frau saß eindeutig am längeren Hebel. Na gut, dann würde sie es eben so schnell wie möglich hinter sich bringen.

»Donald und Maggie.«

»Wirklich? Die legendären Browns?« Die Stimme klang plötzlich sehr jung und aufgeregt. »Die ganz allein den Diktator von Bolotanien gestürzt haben?«

»Keine Ahnung«, sagte Emily. »Mir erzählt ja keiner was.«

Die Frau räusperte sich. »Nun. Wir haben hier klare Regeln, Emily Brown«, fuhr sie streng fort. »Du wirst nicht zu spät kommen, niemals dem Unterricht fernbleiben, sofern kein attestierter Notfall vorliegt, auf dem gesamten Schulgelände keine elektronischen Geräte verwenden und dich jederzeit – ich wiederhole: jederzeit! – anständig benehmen.«

Auf Emilys Seite des Schreibtischs erschien eine dicke Broschüre mit der Aufschrift »Hausordnung«.

»Was genau alles verboten ist, kannst du der Hausordnung entnehmen. Mach dich noch heute damit vertraut, denn jeder Verstoß gegen diese Regeln wird hart bestraft. Und glaube mir, wir haben Mittel und Wege, jedes Fehlverhalten zu entdecken. Haben wir uns verstanden?«

Emily verdrehte die Augen und murmelte etwas. Sofort rückte die Lampe so nah an ihr Gesicht, dass sie die Hitze im Gesicht spürte und trotz zugekniffener Augen nur noch flackernde Pünktchen sah.

»Bitte bestätige laut und deutlich, dass du das verstanden hast, damit es auf der Aufnahme klar zu hören ist.«

»Ja, ich hab's verstanden!« Emily sprang auf. »Kann ich jetzt endlich gehen?«

Die Lampe erlosch, und endlich konnte Emily die Frau hinter dem Schreibtisch erkennen. Sie war höchstens fünfundzwanzig und trug einen Tarnanzug, der ihr viel zu groß war. Jetzt streckte sie Emily die Hand entgegen.

»Aber natürlich kannst du gehen«, sagte sie. »Deine Klasse ist die von Major Henderson. Den Gang hinunter, dritte Tür rechts.«

Als Emily an der Tür war, rief die Schulleiterin ihr noch hinterher: »Willkommen an unserer Schule, Emily! Und grüß deine Eltern von mir!«

Vor der Tür zu ihrem Klassenzimmer blieb Emily stehen, bis die Punkte vor ihren Augen verschwunden waren. Dann atmete sie tief durch und betrat den Raum.

»Ah, du musst Emily Brown sein.« Ein Mann mit französischem Akzent, einem Schnurrbart und einer schief sitzenden Baskenmütze auf dem runden Kopf winkte sie zu sich heran. »Comment ça va?«[1]

---

1 Wie geht es dir?

»Ça va bien«[2], antwortete Emily. »Je cherche la classe de Major Henderson.«[3]

In das Gelächter der Schüler hinein rief der Mann: »Très bien! Tu l'as trouvée.«[4] Und dann, plötzlich ganz ohne Akzent: »Ich bin Major Henderson. Und ich freue mich außerordentlich, dass du so gut Französisch sprichst. Aber das ist wohl auch kein Wunder, bei solchen Eltern!«

Jeder in dieser Stadt wusste offenbar mehr über ihre Eltern als sie! Emily hatte große Lust, sich die Lampe der Schulleiterin auszuleihen und zu Hause ihr eigenes Verhör durchzuführen.

»Da vorne ist noch ein Platz frei.« Major Henderson deutete auf einen Tisch in der zweiten Reihe. Emily erkannte das Mädchen gleich, das dort saß: Taylor. Und auf dem Weg zu ihrem Platz entdeckte sie in der hinteren Reihe auch noch John.

Emily ließ sich auf ihren Platz fallen und sagte: »Hi, Taylor.«

Taylor fuhr hoch und ließ das, womit auch immer sie sich unter dem Tisch beschäftigt hatte, in einer Tasche ihrer lila Jeans verschwinden.

»Hi …«

---

2 Mir geht es gut.
3 Ich suche die Klasse von Major Henderson.
4 Sehr gut! Du hast sie gefunden.

»Emily.«

»Hi, Emily.« Taylor starrte auf den roten Punkt an Emilys Arm, wo Dr. Parker ihr den Chip implantiert hatte. »Sie haben dich also doch dazu gezwungen! Wenn du das Ding wieder loswerden willst, sag mir einfach Bescheid, okay?«

Bevor Emily antworten konnte, knisterte es über ihren Köpfen. Dann ertönte die schneidende Stimme der Schulleiterin aus verborgenen Lautsprechern:

»Es ist ab sofort strengstens verboten …«

Es raschelte, ein empörtes Schnauben war zu hören, dann sagte eine männliche Stimme: »Hey, Leute, ich will euch ja echt keine Angst machen.«

Das war Bob Smith, der Sheriff. Er fuhr fort: »Aber ab sofort ist es echt total verboten, in den Wald zu gehen. Das gilt für alle, außer für mich und meine Leute, natürlich. Irgendwer treibt sich da rum. Macht euch keine Sorgen, wir sind an der Sache dran. Jetzt wünsch ich euch erst mal einen supercoolen Tag. – Ach ja: Wir haben ein Detektionsfeld um den Wald gelegt, das jeden Chip registriert. Also haltet auch vom Wald fern, alles klar?«

Nach einer kurzen Pause war wieder die Schulleiterin zu hören. »Einen supercoolen Tag? Bob, manchmal frage ich mich …«

»Ach, Süße …«

Eine Weile hörte man nur gedämpftes Lachen, dann sagte die Schulleiterin plötzlich: »Sag mal, ist das etwa noch an?! Verdammt noch mal, Bob!«

Es knackte, und die Lautsprecher verstummten.

Einige in der Klasse kicherten.

»O là là«, sagte Major Henderson.

»Wir dürfen nicht mehr in den Wald? Bei dieser Hitze? So ein Mist«, fluchte ein stämmiger Junge neben Emily. »Ich wollte nachher im See schwimmen gehen!«

»Tja, schwimmen ist wohl erst mal gestorben«, sagte Taylor laut. Dann beugte sie sich zu Emily und flüsterte: »Zumindest für die von uns, die einen Chip haben.«

»Ist ja gut!«, gab Emily leise zurück. »Nach der Schule?«

Taylor lehnte sich zurück und grinste zufrieden.

Vom Unterricht bekam Emily nicht viel mit. Sie dachte an das Ding, das die Tiere im Wald verscheucht hatte. Konnte das ein Monster sein? Auf einem ihrer Abenteuer hatten Jenny und sie versucht, das Monster des Honey-Island-Sumpfes in New Orleans zu finden, das in Louisiana mindestens so berühmt war wie Nessie oder der Yeti. Sie hatten damals kein Glück gehabt, aber vielleicht bekam Emily hier eine neue Chance, ein Monster aufzuspüren? Doch was konnte das für eines sein? Es war entweder sehr klein, sehr schnell oder sehr klug – oder alles zusammen. Sonst hätten Jack

O'Malleys Tauben wahrscheinlich eine Aufnahme davon gemacht. Oder es war jemand, der sich unsichtbar machen konnte. Nach allem, was Emily bisher erfahren hatte, gab es in Undercover City jede Menge geheime Technologie. Vielleicht gehörte dazu ja auch ein Tarnumhang oder so was.

Emily malte sich gerade eine Armee unsichtbarer Aliens aus, die im Wald von Undercover City die Invasion der Erde vorbereiteten, als die Pausenklingel schrillte. Alle rannten nach draußen auf den Schulhof, nur Emily ließ sich Zeit.

Im Flur entdeckte sie zwei Glasvitrinen, in denen Pokale ausgestellt waren. Ein dickwandiger silberner Pokal weckte ihre Neugier. »Finnischer Buchstabierwettbewerb 2012, 1. Platz: Dana Smith (6a).« Daneben stand ein goldglänzender Pokal mit der Aufschrift: »Rezitationswettbewerb japanische Haiku 2008, 1. Platz: Jim ›Der Samurai‹ Jones (7b)«.

Vielleicht gab es hier ja auch einen Wettbewerb für Fluchen auf Swahili, dachte Emily grinsend. Darin konnte sie es mit jedem aufnehmen, hatte ihr Freund Baka in Tansania immer gesagt.

Plötzlich hörte sie tapsige Schritte, und jemand fluchte. Doch bevor Emily sich umdrehen konnte, bekam sie einen Schubs gegen den Rücken und wurde mit der Nase an die Scheibe der Vitrine gequetscht.

»Au!«

»O, 'tschuldigung«, murmelte jemand hinter ihr. Dann krachte es, und die Vitrine neben Emily zerspitterte. Erschrocken wich Emily zurück, trotzdem rieselten einige Glassplitter auf sie herunter.

Viel schlimmer war allerdings der Junge dran, der nun mit dem Kopf voraus in der Vitrine steckte.

»Nicht bewegen!«, rief Emily. Sie ging zu ihm hinüber und sah sich die Bescherung an. Es war offensichtlich, dass sie hier allein nichts ausrichten konnte. Überall lagen Splitter, und einige spitze Scherben hingen noch im Rahmen und konnten jederzeit herunterfallen. Würde Emily versuchen, den Jungen aus der Vitrine zu ziehen, könnten sie sich beide schwer verletzen. Jetzt erkannte sie den Jungen auch: Er war ihr im Unterricht aufgefallen, weil ihm immerzu etwas auf den Boden fiel.

»Du bist Jasper, oder?«, fragte sie.

»Genau«, sagte Jasper und machte Anstalten, ihr die Hand zu geben. Dabei riss er eine große Scherbe aus ihrer Verankerung, die nur Millimeter neben seinem Arm wie ein Beil herunterfuhr und sich in den grauen Flurboden bohrte.

»Nicht bewegen, Jasper! Ich hole Hilfe.«

»Nein! Geh nicht weg!« Jasper klang so verzweifelt, dass Emily stehen blieb. Was sollte sie tun? Glas knirschte. Bald würde die Vitrine ganz zusammenfallen. Wenn nicht schnell jemand kam …

Da bemerkte sie ein Mädchen, dass den hinteren Flur Richtung Schulhof entlangging.

»He, du da hinten, wir brauchen Hilfe!«

Das Mädchen wurde für einen winzigen Moment langsamer – und ging dann einfach weiter!

»Hey!!«, schrie Emily. »Bist du taub?!«

Hinter ihr klirrte es. »Das ist Helen«, sagte Jasper. »Seit zwei Monaten ist sie schon hier, aber sie weigert sich immer noch, irgendwas anderes als Arabisch zu sprechen. – Sie hat vorher in Oman gelebt, und da wollte sie wohl nicht weg …«

Helen war bereits aus Emilys Blickfeld verschwunden. Aber so schnell gab Emily nicht auf.

»Marhaban, itha lam tohdir musaádah, fasawfa yamutu ahaduhom!«[5]

Erst geschah nichts, dann sah Emily Helen plötzlich in die andere Richtung vorbeisausen.

»Sawfa uhdiru mumaredat almadrasah!«, rief sie.

»Was hat sie gesagt?«

»Sie holt die Schulkrankenschwester«, übersetzte Emily.

»Arabisch wollte ich auch schon immer lernen. – Mann, das pikst vielleicht!« Jasper versuchte sich aufzurichten.

»Nicht bewegen!«, rief Emily.

---

5 »Hey, wenn du keine Hilfe holst, dann stirbt hier gleich jemand!«

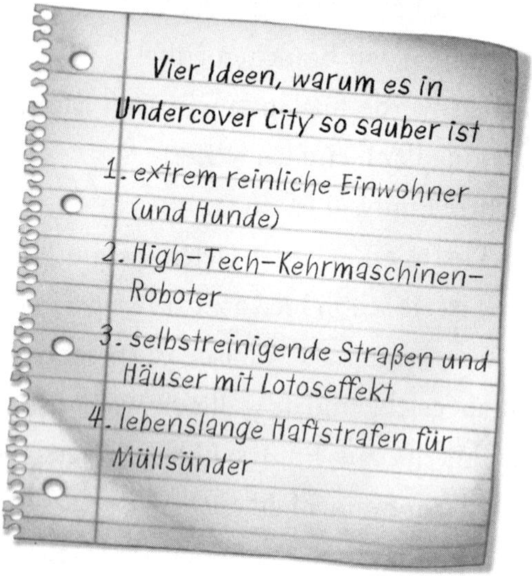

Fünf Minuten später lag Jasper im Krankenzimmer.

»Ich kümmere mich jetzt um ihn«, sagte die Schulkrankenschwester und scheuchte Emily hinaus.

Die Pause war beinahe zu Ende, der Schulhof leerte sich schon wieder. Emily beschloss, trotzdem noch zu bleiben. Schließlich hatte sie noch gar keine Zeit gehabt, etwas zu essen.

Sie ließ sich auf eine Bank unter einer hohen Weihrauch-Kiefer fallen und wollte ihre Brotbox öffnen – aber die hatte sie wohl im Krankenzimmer vergessen.

Kurz darauf setzte sich John neben sie. Emilys Magen knurrte.

»Hunger?«, fragte John.

Emily nickte. John zog ein Salamibrot mit Sprossen hervor, brach es in der Mitte durch und reichte ihr eine Hälfte. Emily zögerte. Die Sprossen würden garantiert in ihrer Zahnspange hängen bleiben … Egal. Sie drehte sich zur Seite, begann zu essen und erzählte John dabei von Jaspers Unfall.

»Jasper hat ständig Unfälle, aber ihm passiert nie etwas«, sagte John. »Ach ja, bleibt es bei drei Uhr?«

Emily überlegte, aber nur kurz. Nein, auch wenn es verboten war: Die Suche nach dem unsichtbaren Monster würde sie sich bestimmt nicht entgehen lassen. Sie musste eben den Chip loswerden und dann aufpassen, dass der Sheriff sie nicht erwischte.

»Klar.« Emily zupfte eine Sprosse aus ihrer Spange und warf sie unauffällig weg.

»Hey, erst einen Tag hier und schon schwänzen? Die Stunde fängt gleich an!« Taylor warf sich neben Emily auf die Bank. »Sag mal, wann willst du vorbeikommen wegen des Chips?«

»Geht's nicht etwas leiser?«, flüsterte Emily. Nur ein paar Schritte entfernt standen drei Mädchen. Eine sah zu ihnen herüber. »Ich bin gerade mal den zweiten Tag hier …«

Taylors grüne Augen blitzten.

»Verstehe, dir steckt noch die Begrüßung unserer Direktorin in den Knochen. Aber keine Angst, Ms Black erfährt nichts. Und John wird dich auch nicht verraten, stimmt's, John?«

Statt einer Antwort streckte John seinen Arm aus. Emily konnte eine kleine Narbe an der Stelle sehen, wo sein Chip gewesen war.

Irgendwie hätte sie nicht gedacht, dass der stille John und die schrille Taylor etwas miteinander zu tun hatten. Na ja, zumindest war es beruhigend, dass Emily nicht die Erste war, an der Taylor rumschnippeln würde …

»Aber was ist mit der Lokalisierungsfunktion?«, fragte Emily. »Fliegt das nicht sofort auf, wenn ich keinen Chip mehr habe? Ich meine, als wir uns zum ersten Mal getroffen haben, da hast du doch gesagt …«

»Da habe ich vielleicht etwas übertrieben«, sagte Taylor. »Wenn man nicht vermisst wird oder irgendwie verdächtig ist, aktivieren sie die Lokalisierungsfunktion meistens nicht.«

John lächelte in sich hinein.

»Wie lange hast du denn schon keinen Chip mehr?«, fragte ihn Emily.

»Ein halbes Jahr.«

Verdächtig war Emily nicht – das nahm sie zumindest an –, und sie hatte auch nicht vor, heimlich zu verschwinden.

»Na gut«, sagte sie. »Ich komme vorbei.«

Taylor zog ein Smartphone aus ihrer Hosentasche und öffnete ein Kalenderprogramm. »Um halb vier?«

»Da hab ich schon was vor.«

Taylor sah grinsend zwischen Emily und John hin und her. »Erst einen Tag hier, und du hast schon eine Verabredung? Respekt!«

Emily spürte, wie sie rot wurde. »Es ist nicht so, wie du denkst!«, platzte sie heraus. »Wir wollen nur in den Wald, weil …«

Sie verstummte. Das hatte sie Taylor doch gar nicht verraten wollen!

»Super, da komm ich mit!«, sagte Taylor. »Ich würd zu gern wissen, was da los ist.«

Emily warf John einen entschuldigenden Blick zu. Er zuckte mit den Achseln.

»Dann also um halb drei bei mir«, sagte Taylor.

Emilys Mutter verließ gerade das Haus, als Emily aus der Schule kam.

»Hi, Schatz, ich habe heute meinen ersten Arbeitstag, ist das nicht toll?«

»Du hast echt schon einen Job gefunden?«, fragte Emily verblüfft.

Mom nickte begeistert. »Eigentlich wollte ich in der Redaktion der Zeitung ja nur eine Stellenanzeige aufgeben. Aber dann stellte sich heraus, dass der Chefredakteur gerade auf der Suche nach einer Reporterin ist. – Oder vielmehr: war, denn jetzt hat er ja mich!«

»Aber du hast doch noch nie als Reporterin gearbeitet, oder?«, fragte Emily vorsichtig nach.

Mom lachte. »Nein, aber das kann ja nicht so schwer sein.«

Emily verkniff es sich, zu erwähnen, dass bisher immer mehr oder weniger schlimme Dinge passiert waren, wenn Mom etwas ausprobiert hatte, dass »ja nicht so schwer sein konnte«.

Einmal war beim Kuchenbacken fast das Haus abgebrannt, und als Mom Emily hatte zeigen wollen, wie das mit dem Stabhochsprung geht, hatte sie sich den Fuß gebrochen und Mrs Umumbos Kürbisbeet zerstört.

Mom zückte den Autoschlüssel. »Ich muss los. Mach dir einen schönen Tag, Emily. Wir essen um sieben, ja? Ach, und wenn du Zeit hast, schau doch mal in der Gärtnerei neben der Schule vorbei und such was Schönes für den Garten aus.«

Sie drehte sich zum Auto, doch dann hielt sie inne. »Kauf auch ein paar Obstbäume und Gemüsepflanzen. Ich wollte schon immer Gemüse anbauen, aber wir haben ja nirgendwo lange genug gelebt, als dass sich das gelohnt hätte. Und so schwer kann das ja nicht sein …«

»Okay, Mom. Übrigens: Ich wollte ja schon immer eine Katze haben …«

Mom ließ den Motor an. »Darüber sprechen wir ein andermal, Schatz.«

Emily sah Mom nach, wie sie davonbrauste. Ja, sie würden über die Katze sprechen. Und über den Diktator von Bolotanien. Und noch über einiges andere.

Gedankenverloren ging Emily in die Küche. Moms Idee mit dem Gemüsegarten hatte sie daran erinnert, dass sie wirklich und wahrhaftig hierbleiben würden, in Undercover City. Und genau das hatte sie ja gewollt, oder? Aber ein festes Zuhause hatte eben auch seine Schattenseiten. Zum Beispiel würde alles, was Emily tat, in Zukunft Konsequenzen haben, vor denen sie nicht weglaufen konnte. Wenn sie also zum Beispiel gegen das Verbot des Sheriffs verstieß …

Emily verdrängte diesen unangenehmen Gedanken und las den Zettel, der auf dem Küchentisch lag:

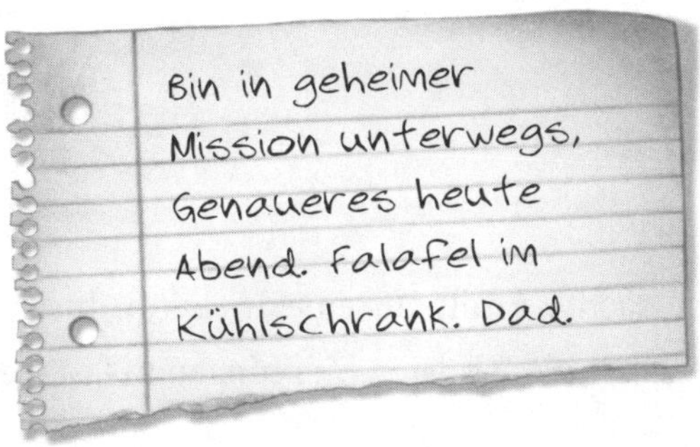

Nach dem Essen machte sich Emily mit einem der Räder, die neben dem Haus standen, auf den Weg zu Taylor. Sie kam aus dem Staunen nicht mehr heraus:

Undercover City mochte elektronisch von der Außenwelt abgeschirmt sein, aber in der Stadt selbst wimmelte es von Technik. Die Lampen der Straßenlaternen sahen aus wie geschlossene Blüten, und in den Bäumen hingen Metallkästen mit Fühlern.

Zuerst dachte Emily an eine Invasion durch Flanagans Roboter, aber diese Kästen hier hingen in fast jedem Baum, und sie bewegten sich nicht. Vielleicht waren das Kameras? Aber wozu brauchte man die, wenn doch jeder Bewohner von Undercover City einen Chip hatte?

Emily hatte auch noch nie so saubere Straßen und Häuser gesehen wie hier. Zuerst vermutete sie, dass es hier High-Tech-Kehrmaschinen gebe oder dass jede Oberfläche in Undercover City selbstreinigend sei. Doch dann sah sie einen Mann, der mit seinem Hund unterwegs war. Der Hund steuerte auf einen Baum zu, nieste heftig, lief zu einem anderen Baum, hob ein Bein und sah sein Herrchen fragend an. Sofort stürzte der Mann zu ihm hin und platzierte etwas neben dem Hund, das wie eine kleine Schneeschaufel aussah. Artig stellte der Hund sich auf die Schaufel und erledigte sein Geschäft. Danach packte der Mann alles in eine Tüte.

Vielleicht waren die Menschen – und Hunde – in Undercover City ja besonders reinlich. Oder aber sie fürchteten sich vor drastischen Strafen und bewachten darum ihre Hunde so gut.

Voller Unbehagen dachte Emily an das Verhör in der Schule. Die Hausordnung der Schule sollte sie sich wohl besser mal durchlesen, bevor sie selbst irgendein Gesetz verletzte …

Als Emily am Haus von Helen und Brad Jones vorbeifuhr, sah sie Brad, der auf der Terrasse mit etwas kämpfte, das

Emily wie ein zerrissenes Fischernetz vorkam. Neben ihm saß … nein, das war nicht Helen Jones. Die rothaarige Frau war mindestens zwanzig Jahre jünger als Helen, nähte aber an Helens blauem Overall und winkte Emily zu, als würden sie sich kennen. Emily winkte zögernd zurück.

Als sie bei den Parkers klingelte, erschien in dem Display über der Sprechanlage Taylors Gesicht, dann surrte der Türöffner. Emily betrat den riesigen Flur, der limonengrün gestrichen war. Mehrere Türen gingen davon ab, und eine gewundene Treppe führte in den ersten Stock.

Wie von Geisterhand erschien ein blinkender gelber Pfeil vor Emily auf dem Boden. Sie machte einen Schritt darauf zu – der Pfeil wanderte ein Stück von ihr weg. Emily ging langsam weiter, und mit jedem Schritt wanderte auch der Pfeil ein Stückchen weiter. Na gut, dann folgte sie ihm eben. Die Treppe hoch und zur dritten Tür links, an der ein Display mit einer Laufschrift hing: »Taylors Labor – Zutritt verboten!«

Die Tür schwang wie von selbst auf, und Emily blickte auf etwas, das wie die Brücke eines Raumschiffs aus *Star Trek* aussah. Hinter blinkenden Computern, Kästen, aus denen Unmengen von Kabeln ragten, und Monitoren, über die Bilder liefen, tauchte ein Kopf mit braunen Haarstacheln auf.

»Hi, Emily, da bist du ja endlich!«

»Ich hab … Sag mal, wie funktioniert denn das mit den Pfeilen auf dem Boden? Und was ist mit der Tür?«

»Die Pfeile sind eine Erfindung von mir«, sagte Taylor stolz. »Lichtsensoren, Bewegungssteuerung, OLEDs, du weißt schon.« Sie grinste. »Und das mit der Tür … Dreh dich doch mal um.«

Emily drehte sich um und stieß einen Schrei aus. Verflixt, wie machte der Typ das nur, ständig lautlos aus dem Nichts aufzutauchen?

»Hallo, John«, sagte sie und wandte sich schnell zu Taylor, damit er nicht sah, dass sie rot anlief. Schon wieder.

»Hi.«

»Jetzt, wo ihr euch so nett begrüßt habt, können wir wohl anfangen«, stellte Taylor fest. »Emily, du setzt dich am besten hierhin.« Sie fegte ein dickes Knäuel aus Computerkabeln von einer Fläche, die sich als Stuhl entpuppte. *Ich stehe lieber,* wollte Emily sagen, aber dann sah sie das Skalpell in Taylors Hand und entschied sich, doch zu sitzen. John kam herüber und stellte sich hinter Emily. Überrascht stellte sie fest, dass sie das beruhigte – aber nur für einen Augenblick, denn nun sprühte Taylor etwas auf ihren Arm. Er wurde taub.

»Was ist das?!«

»Nur ein desinfizierendes Kältespray.«

»Hm.« Emily wurde es flau im Magen. Sie hatte es noch nie

vertragen, wenn ihr jemand Blut abnahm oder eine Spritze gab. Und bisher waren das wenigstens Ärzte gewesen …

Als Taylor mit gerunzelter Stirn das Skalpell ansetzte, drehte Emily sich zur Seite und starrte auf einen der Monitore. Darauf war allerdings nicht viel zu sehen, nur die leere Straße vor dem Haus. Auf einem anderen Monitor sah man ein Stück Wald, in dem auch nichts los war.

Auf Emilys Stirn bildeten sich Schweißtropfen. Wenn Taylor nicht bald fertig war, wurde sie noch ohnmächtig. Emily brauchte eine Ablenkung.

»Sag mal, Taylor, wozu brauchst du diese ganzen … Sachen? Was überwachst du mit den Monitoren?«

Taylor hielt inne. Dann sagte sie ruppig: »Das ist geheim. Was dagegen?«

»N… Nein. Natürlich nicht.« *Zumindest nicht, solange du an meinem Arm rumschneidest,* dachte Emily.

»Sie ist ziemlich schlecht drauf heute«, flüsterte John in Emilys Ohr.

Aber nicht leise genug. Taylor fuhr ihn an: »Ich will einfach nicht darüber reden, klar?«

»Klar«, sagten Emily und John gleichzeitig.

Taylor holte tief Luft und beugte sich wieder über Emilys Arm.

»So, das wär's«, sagte sie kurz darauf. »Du hast es überstanden, Emily.«

Emily lehnte sich erleichtert zurück und betrachtete das Pflaster auf ihrem Arm.

Taylor warf das Skalpell in eine Schüssel mit einer grünen Flüssigkeit. Es zischte.

»Wenn du Glück hast, fliegt es nie auf, dass du keinen Chip mehr hast. Und wenn doch, verpasst meine Mom dir eben einen neuen.« Sie zuckte die Achseln. »Ist aber keine große Sache. Ich hatte fünf bisher.«

Emily konnte nur hoffen, dass sie nicht so bald aufflog. Diese eine Operation hatte ihr völlig gereicht.

»Na, dann mal los.« Taylor ging zur Tür, Emily folgte ihr. Nur John rührte sich nicht.

»Und Bob Smith?«, sagte er.

Emily sah ihn fragend an, aber Taylor grinste. »John vergisst manchmal, dass wir Normalsterblichen seine genialen Gedankengänge nicht nachvollziehen können, wenn er sie uns nicht erklärt.«

John verzog erst das Gesicht, dann öffnete er den Mund. Aber Emily wusste schon, was er sagen wollte.

Der Sheriff brauchte keine Chips, um sie im Wald aufzuspüren. Er hatte schließlich Augen im Kopf. Und seine zahlreichen Helfer ebenfalls. Wie, in aller Welt, sollten sie es schaffen, nicht von ihnen erwischt zu werden?

DER UNSICHTBARE BLITZ

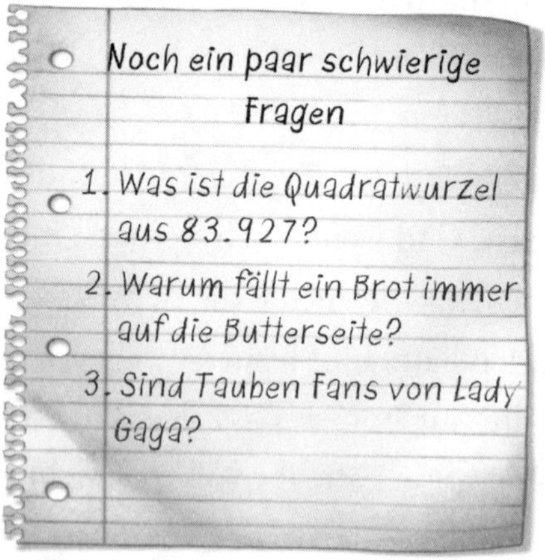

Sie umrundeten das Haus der Browns, gingen einige Schritte in den Pinienwald hinein – und blieben dann alle zugleich stehen.

Als Emily zum ersten Mal durch den Wald gelaufen war, war er ihr viel dichter erschienen. Aber nun fiel ihr auf, dass die Pinien so weit auseinander standen und ihre Stämme so dünn waren, dass sie kaum Schutz boten. Vielleicht konnte man jemanden täuschen, der zufällig vorbei kam und in die andere Richtung schaute. Aber ganz sicher keinen Suchtrupp, der einen Verbrecher jagte.

»Wir müssen dem Sheriff und seinen Leuten irgendwie aus dem Weg gehen«, überlegte sie laut.

»Dazu müssen wir eigentlich nur wissen, wo sie sind«, sagte John.

»Aber wie finden wir das raus?«, fragte Emily.

»Jacks Tauben«, sagte John.

Emily wartete, aber John machte keine Anstalten, weiterzureden.

Taylor verdrehte die Augen. »Mr Schnelldenker ist uns wieder mal weit voraus.«

John verzog das Gesicht, und für Emily sah es so aus, als wollte er nun gar nichts mehr sagen. Darum verkniff sie sich ihr Grinsen und fragte: »Also, wie ist das mit den Tauben?«

John warf ihr einen prüfenden Blick durch die Haarsträhne zu, die ihm immer wieder ins Gesicht fiel. Emily bemühte sich, keine Miene zu verziehen.

»Na gut.« John sah Taylor grimmig an. »Ist eigentlich ganz einfach. Die Tauben fliegen überall im Wald rum und senden ihre Bilder direkt an Jacks Computer. Die Wahrscheinlichkeit ist hoch, dass eine der Tauben auch den Weg des Sheriffs kreuzt. Wir brauchen uns also nur in Jacks Netzwerk einzuklinken, dann können wir die Aufnahmen ansehen und mit etwas Glück herausfinden, wo Bob Smith und seine Leute sind.«

Er sah die Mädchen an, als wollte er fragen: *War das jetzt verständlich genug?*

»Verstehe«, sagte Emily.

Taylor zückte ihr Smartphone. »Ich muss mich also nur in Jacks Netzwerk hacken«, murmelte sie, »und dann …«

Es dauerte einige Minuten, bevor die Stimme des Sheriffs aus dem winzigen Lautsprecher erklang:

»Okay, Sam, du suchst da drüben, und ich schau mich mal da vorne um.«

»Kannst du erkennen, wo sie sind?«, fragte Emily.

Taylor hielt ihr wortlos das Smartphone hin. Auf dem Display war der Ast einer Pinie zu sehen. Daran hing eine zerfledderte Zeitschrift mit Lady Gaga auf dem Titelbild.

Alle drei starrten auf das Display, aber solange sie auch hinsahen: Das Bild änderte sich nicht. Und währenddessen entfernte sich Bobs Stimme immer mehr.

»Also, entweder ist die Taube, die die Kamera trägt, eingeschlafen …«, sagte John.

»Oder sie ist ein Fan von Lady Gaga«, meinte Emily.

Taylor kicherte, John verdrehte die Augen.

Das Smartphone zeigte immer noch dasselbe Bild, auch als Bobs Stimme nicht mehr zu hören war.

»Hm«, meinte Taylor. »Ich könnte eine andere Taube über Jacks Netzwerk ausfindig machen, aber je länger ich mich da einhacke, desto eher werden wir entdeckt.«

»Dann lauf ich mal vor und seh mich um«, sagte John. Emily wäre gern mit ihm gegangen, aber sie sah ein, dass er sich ohne sie viel besser an jemanden anschleichen konnte.

Während John lautlos zwischen den Bäumen verschwand, suchten Emily und Taylor sich einen Platz in einer kleinen Senke nah am Waldrand, wo sie nicht so schnell entdeckt werden würden.

»Warum willst du eigentlich unbedingt nach diesem Ding suchen, das sich hier rumtreibt?«, fragte Taylor.

Emily war wegen des Monsters hier – aber vor allem wegen Jenny. Doch das wollte sie Taylor nicht erzählen. Vielleicht, wenn sie sich besser kannten.

Taylor grinste. »Okay, versteh schon. Es ist wegen John.«

»Nein!«

Aber Taylor redete einfach weiter. »Und warum John das Ding sucht, liegt ja auf der Hand.«

»Ach ja?«

Taylor zuckte die Achseln. »Na, sobald irgendwelche Tiere in Gefahr sind, flippt John sofort aus. Wegen seines Vaters, nehm ich an.«

»Also, erst mal ...«, begann Emily, aber da surrte plötzlich etwas über ihnen, Piniennadeln flogen umher, und Emily fühlte einen kalten Hauch. Etwas raste dicht an ihnen vorbei. Etwas Unsichtbares! Schnell drückte Emily Taylor eine Hand auf den Mund und zog sie zu Boden.

Taylor schüttelte mit weit aufgerissenen Augen den Kopf. Emily deutete nach oben und legte den Finger an die Lippen. Taylor blinzelte wütend, doch schließlich nickte sie, und Emily ließ sie los.

Vorsichtig sahen sie sich um. Aber es war nichts und niemand zu sehen. Taylor flüsterte: »Was ist denn los?!«

Das Surren war verschwunden, und auch der kalte Hauch kam nicht zurück. Hatte Emily sich das alles nur eingebildet?

»Ich hab etwas gehört ...«, sagte sie.

Taylor pflückte sich Piniennadeln aus ihrer Stachelfrisur.

»Na, was immer das war, jetzt ist es jedenfalls nicht mehr da«, sagte sie. Dann ließ sie sich auf den Boden der Senke fallen, zog ihr Smartphone hervor und starrte auf das Display.

Emily versuchte, ruhig zu bleiben, aber ihre Gedanken ließen sie nicht zur Ruhe kommen. Was hatte dieses Surren zu bedeuten? Woher war der kalte Lufthauch an diesem heißen Sommertag gekommen? Und wann kam John endlich zurück?

Schließlich hielt sie es nicht mehr aus.

»Ich seh mich mal um.«

Taylor blickte nicht einmal von ihrem Smartphone auf, sondern brummte nur.

Emily kletterte auf allen vieren aus der Senke heraus. Nichts Verdächtiges in Sicht. Nicht mal eine Maus …

Emily runzelte die Stirn. Es war kein einziges Tier zu sehen. Oder zu hören. Genau das hatte Jack ihnen doch erzählt: Was immer sich im Wald herumtrieb, verschreckte die Tiere!

Emily lief ein Schauer über den Rücken, als ihr klar wurde, dass das unsichtbare Monster eben direkt an ihr vorbeigelaufen war. So nah, dass sie den Luftzug gespürt hatte! Es hätte sie angreifen können, auffressen …

Emily achtete nicht mehr auf den Weg. Darum sah sie die Vertiefung im Boden auch nicht. Sie stolperte, der Geruch von verbranntem Holz stieg ihr in die Nase – und im nächsten Moment packte sie jemand an der Schulter.

EINE GRUSELIGE GÄRTNEREI

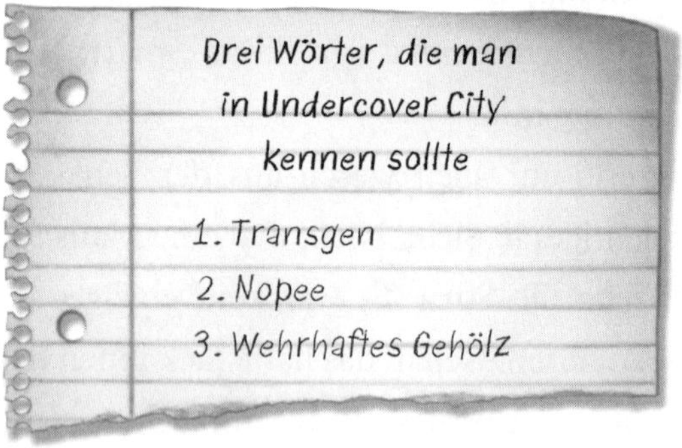

Das musste endlich aufhören: Sie konnte doch nicht jedes Mal schreien, wenn John auftauchte! Emily schüttelte seine Hand ab.

»Warum schleichst du dich immer so an?!«

John ließ sie los und trat einen Schritt zurück.

»Ich hab dich festgehalten, damit du nicht hinfällst«, sagte er.

»Äh … na gut«, stotterte Emily. »Danke.« Sie senkte den Kopf, damit er nicht sah, dass sie wieder mal rot anlief. Und da entdeckte sie etwas.

Sie bückte sich. »Hier hat jemand Feuer gemacht«, sagte sie. »Bei dieser Hitze ganz schön gefährlich …«

Sie hockte sich hin und betrachtete die verkohlten Zweige. Vielleicht hatte jemand hier geschlafen? Aber eigentlich war es auch nachts warm genug, sodass man kein Lagerfeuer brauchte. Oder hatte der geheimnisvolle Unbekannte gekocht? Emily suchte weiter. Plötzlich blitzte tief unten in der Asche etwas auf. Emily stocherte mit einem Ast darin herum, bis sie ein längliches Stück Metall freigelegt hatte.

»Was ist das denn?«

John hockte sich neben sie, und gemeinsam betrachteten sie das Metallding. Es war etwas zehn Zentimeter lang und bestand aus drei einzelnen Gliedern, die mit Kugelgelenken verbunden waren. An einem der Glieder hing ein Fetzen, der wie ein angekokeltes Stück Stoff aussah.

Emilys erster Gedanke war so verrückt, dass sie zögerte, ihn vor John laut auszusprechen.

»Da seid ihr ja!« Taylor kam auf sie zu. »Ich hab euch gesucht … Hey, was ist das denn? Ein Metallfinger?«

»Genau das habe ich auch gerade gedacht«, sagte Emily verblüfft.

John hatte den Sheriff und seine Leute überall im Wald entdeckt, darum brachen die drei ihre Suche fürs Erste ab. Taylor steckte den Metallfinger ein, um ihn später genauer zu untersuchen. Sie und John waren sich jedenfalls einig, dass der Finger nicht einem von Flanagans Robotern gehören konnte. Wie sie Emily erzählten, hatte Flanagan zwar einen klugen Kopf, aber zwei linke Hände. Darum waren seine Maschinen sehr grobschlächtig. Der Metallfinger hingegen war ganz fein gearbeitet.

Emily erzählte John auch von dem kalten Windhauch, dem Surren und ihrem Gefühl, dass jemand sehr schnell an ihr und Taylor vorbeigelaufen war. Inzwischen war sogar Taylor überzeugt, dass Emily sich das nicht ausgedacht hatte.

»Okay«, sagte John schließlich. »Nehmen wir mal an, dass der Metallfinger zu einem Ding gehört, das sich sehr schnell bewegen kann. Vielleicht ist es ein Roboter – auch wenn ich nicht weiß, wozu ein Roboter ein Lagerfeuer braucht.«

Emily dachte an Data, den Androiden auf der »Enterprise«, der so gern menschlich sein wollte, aber sie sagte nichts.

»Wenn es so schnell ist, wie können wir ihm dann auf die Spur kommen?«, fragte Taylor. Im nächsten Moment blitzten ihre grünen Augen und sie gab sich selbst die Antwort: »Na klar, mit einer Hochgeschwindigkeitskamera!«

»Na klar«, sagte Emily, die gerade hatte vorschlagen wollen, dass sie eine Art Riesenmausefalle bauten, um das Ding zu fangen.

Taylor wollte die Kameras bauen, was eine Weile dauern konnte. Sie verabredeten, sich später bei ihr und am Abend dann bei Emily zu treffen, um gemeinsam loszuziehen und die Kameras zu installieren. Das Haus der Browns lag direkt am Wald und war darum der beste Ausgangspunkt.

Nachdem sie ihre Handynummern ausgetauscht hatten,

setzten Emily und John Taylor zu Hause ab. Emily fragte John, ob er mitkommen wolle, wenn sie Pflanzen für ihren Garten besorgte. John zog die Stirn kraus.

»Ich bring dich hin, aber in den ›Secret Garden‹ bekommen mich keine zehn Pferde«, sagte er. »Hubert Williams pfuscht mit der Natur rum.«

Bevor er sie bei der Gärtnerei verließ, sagte er noch: »Lass dir bloß keine gentechnisch veränderten Pflanzen von ihm andrehen!«

Was Emily über Gentechnik wusste, hatte sie vor allem aus Science-Fiction-Büchern und -Filmen. In der Realität klappte das mit dem Klonen von Lebewesen noch nicht gut, das wusste sie. Sie hatte aber gelesen, dass bei Pflanzen Gentechnik längst üblich war, um ihre Widerstandskräfte gegen Krankheiten zu stärken. Neugierig betrat sie den »Secret Garden«.

Der Duft nach Zitronen, Lilien, Wacholder, Rosen und Kräutern war intensiv, aber nicht aufdringlich. Emily ging durch die makellos sauberen Gänge mit Pflanzentischen und großen Kübeln. Es roch zwar wie in einer Gärtnerei – aber es sah eher aus wie in einem Labor. Nirgendwo war auch nur das kleinste Krümelchen Erde zu sehen. Stattdessen steckten die Bäume, Sträucher, Blumen und Kräuter in durchsichtigen Behältern, die mit Flüssigkeit gefüllt waren, sodass man ihre Wurzeln erkennen konnte. Und obwohl es den Pflanzen offenbar gut ging, fand Emily das ein bisschen gruselig. So, als ob man in Frankensteins Labor Gläser mit toten Tieren in Einmachgläsern betrachtete.

Emily beugte sich zu einem kleinen Zitronenbaum hinunter und streckte die Hand nach einem Ast aus, um an den Früchten zu schnuppern, als jemand rief:

»Vorsicht, der Nopee ist noch nicht richtig eingestellt!«

Emily zuckte zurück. Der Gärtner, der auf sie zukam, war um die zwanzig und sah verboten gut aus: dunkle Locken, große blaue Augen und ein offenes Lächeln. Sportlich war er offenbar auch noch: Unter dem Gärtneroverall, der so perfekt saß wie ein maßgeschneiderter Anzug, bewegten sich seine Muskeln, als er Emilys Hand ergriff und schüttelte.

»Willkommen im ›Secret Garden‹! Ich bin Jim. Ich glaube, wir kennen uns noch nicht, oder?«

»Emily«, sagte Emily. »Wir sind gerade erst hergezogen.«

Jims blaue Augen wurden noch größer. »Dann musst du die Tochter der Browns sein! Wow!«

Nicht schon wieder!, dachte Emily.

»Na, dann kannst du natürlich nicht wissen, was ein Nopee ist.« Jim deutete auf das Schild, das an dem Zitronenbäumchen hing.

Das Einzige, was Emily zu diesem Wort einfiel, war »no pee«, »nicht pinkeln«. Sie musste grinsen.

Jim neigte den Kopf und lächelte. »Ich sehe, du hast es schon erraten. Offenbar bist du ebenso klug wie deine Eltern. Tja, der Apfel fällt nicht weit vom Stamm, wie wir Genetiker sagen.«

»Na ja …«, sagte Emily, die keine Ahnung hatte, wovon Jim sprach.

»Ja, die Nopees sind Huberts bisher größter Erfolg«, sagte Jim. »Wenngleich sie manchmal etwas übers Ziel hinausschießen.«

Er musterte den Zitronenbaum mit gerunzelter Stirn, und nun sah auch Emily, dass die Zweige des Baums zitterten. Jim griff nach einer bauchigen Flasche mit einer blauen Flüssigkeit und drehte den Verschluss ab. Eine Pipette kam zum Vorschein, und Jim träufelte einige Tropfen in den Behälter, in dem der Zitronenbaum stand.

Die Zweige hörten auf zu zittern.

»So ist es besser«, sagte Jim. »Unsere *Wehrhaften Gehölze*™ sind zwar etwas Wunderbares, aber sie dürfen natürlich nicht wild um sich schlagen, wenn sich jemand nähert.«

»Auf keinen Fall«, bestätigte Emily.

»Im Wesentlichen geht es ja darum«, fuhr Jim fort, »dass sie Hunde abschrecken, die an ihren Stamm pinkeln wollen. Und Vögel und anderes Getier, das die Früchte fressen will. Insekten sind natürlich nicht davon betroffen, weil sie die Blüten ja bestäuben müssen.«

»Natürlich«, wiederholte Emily, die allmählich begriff, worum es ging. »Ich frage mich nur: Wie unterscheidet so ein Zitronenbaum zwischen einem Vogel, der eine Zitrone stehlen will, und dem Besitzer des Baums?«

Jim strahlte sie an, was ihn wie einen Filmstar aussehen ließ.

»Das ist eine hervorragende Frage!«

Er winkte ihr, ihm zu folgen, und betrat einen der unzähligen Gänge. Der Boden sah aus wie polierter weißer Marmor und war makellos sauber. Kurz darauf wusste Emily auch, warum: Überall wuselten tellergroße Putzroboter herum. Wie kleine Ufos sahen sie aus, und kein Tropfen Wasser, kein heruntergefallenes Blatt entging ihren Sensoren. Emily hielt den Blick auf den Boden gerichtet, um nicht auf einen der kleinen Roboter zu treten. Aber sobald einer in ihre Nähe kam, hielt er von selbst inne und flitzte dann auf seinen kleinen Rollen außer Reichweite.

Während Emily Jim folgte, zwischen Aprikosenbäumen mit apfelgroßen Früchten und süß duftenden Pflaumenbäumen hindurch, erklärte der Gärtner:

»Das erfordert natürlich eine extrem feine Abstimmung der Transgene, also der Gene anderer Lebewesen, die wir in Pflanzen einbauen. Alle haben Gene vom Teebaum, weil Hunde diesen Geruch überhaupt nicht mögen und darum auch nicht ihr Bein an Bäumen heben, die danach duften.

Zugleich reagieren unsere Nopees auf Berührung, und zwar normalerweise abwehrend. Aber Menschen gegenüber sind sie, wie soll ich sagen … regelrecht zutraulich.«

Er hielt an einem Bottich an, in dem ein Feigenbaum stand, und berührte sanft seinen Stamm. Emily wollte ihren Ohren nicht trauen: Der Feigenbaum schnurrte!

»Katzengene«, sagte Jim zufrieden. »Natürlich verwenden wir nur die von ausgewählten Katzen, die sich besonders gern streicheln lassen.«

»Klar.« Emily kam sich vor wie in einem Science-Fiction-Film. Sie ließ den Blick über all die genetisch veränderten Pflanzen wandern, und Johns Warnung kam ihr in den

Sinn. Aber war es wirklich so schlimm, gentechnisch veränderte Pflanzen zu züchten? Diese Nopees schienen doch ganz praktisch zu sein. Obwohl, die Vögel mussten ja auch von etwas leben. Und wenn man sie daran hinderte, die Früchte zu fressen, von denen sie sich ernährten … Nein, Emily wollte doch lieber ganz normale Pflanzen kaufen. Auch wenn das bedeutete, dass die Vögel sich ein paar Früchte stahlen – und dass hin und wieder ein Hund an ihre Bäume pinkelte.

Sie wollte Jim eben ihre Entscheidung mitteilen, als sie aus dem Augenwinkel eine Bewegung hinter dem Gewächshaus bemerkte. Plötzlich sprang die Glastür im hinteren Teil der Gärtnerei mit einem Knall auf, und ein Hund stürmte herein, dem ein hagerer gebeugter Mann folgte.

Emily konnte den Mann auf die Entfernung kaum erkennen, aber seine Körperhaltung sagte ihr, dass er unglücklich oder zumindest sehr traurig war. Mit hängenden Schultern blieb er in der Tür stehen.

Jim hingegen verfiel in Hektik. Er rannte auf den Hund zu, der wild kläffend im Zickzack durch die Gänge jagte. Doch es gelang Jim nicht, ihn zurück zu dem traurigen Mann zu scheuchen. Stattdessen lief der Hund nun auf Emily zu. Und je näher er kam, desto weniger sah er wie ein Hund aus. Sein Fell wirkte glatt und ölig, wie das Federkleid eines Pinguins oder die Haut einer Schlange. Und wie er Jim auswich, sich zwischen zwei Kübeln hindurchquetschte, obwohl der Zwischenraum eigentlich viel zu eng für ihn war – so etwas hatte Emily bisher nur bei Katzen gesehen. Fasziniert blieb sie stehen, auch als das Tier direkt auf sie zugeschossen kam.

»Aus dem Weg!«, rief Jim. Er klang so panisch, dass Emily, ohne zu überlegen, auf den Pflanzentisch neben sich kletterte. Ihre Füße wurden nass, als sie in die Nährflüssigkeit trat, und die Äste einer Palme klatschten ihr ins Gesicht. Emily hob abwehrend die Arme und sprang wieder auf den

Boden, um der angriffslustigen Nopee-Palme zu entkommen, da hörte sie Jim schreien: »Nicht!«

Im nächsten Moment krachte etwas, der seltsame Hund jaulte auf, Emily fühlte einen Kratzer an ihrem Bein, dann erhaschte sie einen Blick auf Jim, der den Hund mit ausgestreckten Armen vor sich hielt – und plötzlich wurde alles um sie herum schwarz.

»Emily? Emily!«

Jemand rief sie, aber Emily hatte keine Zeit, zu reagieren. Sie musste sich gegen den *Zänkischen Zitronenbaum*™ wehren, der sie mit seinen Zweigen festhielt und ihr seine Früchte um die Ohren schlug. Und kaum hatte sie sich befreit, wurde sie von einer *Aggressiven Aprikose*™ angegriffen, die sich mit einem *Wütenden Wacholder*™ und einer *Streitbaren Stechpalme*™ verbündet hatte. Ihre Gegner rückten immer näher und …

»Emily?!«

Dieses Mal schlug Emily die Augen auf. Jim stand über sie gebeugt, seine schönen blauen Augen waren weit aufgerissen.

Emily wollte gerade fragen, warum sie auf dem Boden lag, da entdeckte sie die Spritze in Jims Hand. Und bevor sie sich wehren konnte, hatte Jim die Nadel schon in ihrem Arm versenkt.

»Nicht einschlafen, Emily!« Er schlug ihr leicht auf die Wange.

Als ob sie jetzt hätte einschlafen können! Aber tatsächlich fühlte sie sich seltsam benebelt.

Jim zog die Spritze aus ihrem Arm und stützte Emily, sodass sie sich aufsetzen konnte.

»Was … Warum …« Ihre Zunge fühlte sich dick an.

»Keine Sorge, gleich geht es dir besser«, sagte Jim.

Emily sah sich nach dem merkwürdigen Hund um, aber er war verschwunden. Und auch von dem traurigen Mann war nichts mehr zu sehen.

»Was ist passiert?«

Jim verscheuchte zwei kleine Putzroboter und half ihr aufzustehen.

»Das tut mir alles schrecklich leid. Slinky muss Hubert irgendwie entwischt sein. – Slinky ist der Hund, der dich angefallen hat.«

»Er sah gar nicht wie ein Hund aus«, murmelte Emily.

Jims Blick verfinsterte sich. »Hubert ist ein genialer Genetiker, aber … Er hat verschiedene Transgene an Slinky ausprobiert, unter anderem von einer Katze, einem Otter und einer Giftschlange. Slinky ist so giftig und zugleich so wendig, dass er in einem Zwinger leben muss. Aber keine Sorge, ich konnte dir das Gegengift noch rechtzeitig spritzen.«

»Na, toll.«

Emily war wütend – aber gleichzeitig hatte sie auch Mitleid mit Slinky. Er konnte schließlich nichts dafür, das dieser Hubert Williams ihn zu einem Monster gemacht hatte.

Plötzlich wollte sie nur noch weg. Weg von dem Gifthund, dem traurigen Genetiker und den Bäumen, die um sich schlugen, wenn ihnen jemand zu nahe kam.

Sie ging auf wackeligen Beinen auf den Ausgang zu. Doch da verspürte sie den Impuls, sich umzudrehen. Sie sah die Tür, durch die Slinky gekommen war. Dahinter stand Hubert Williams und starrte sie mit zur Seite geneigtem Kopf durch die Glasscheibe hindurch an. Emily wollte ihm einen wütenden Blick zuwerfen, aber Hubert Williams sah so erbärmlich aus, dass sie Mitleid mit ihm bekam.

HILFE VON CAPTAIN KIRK

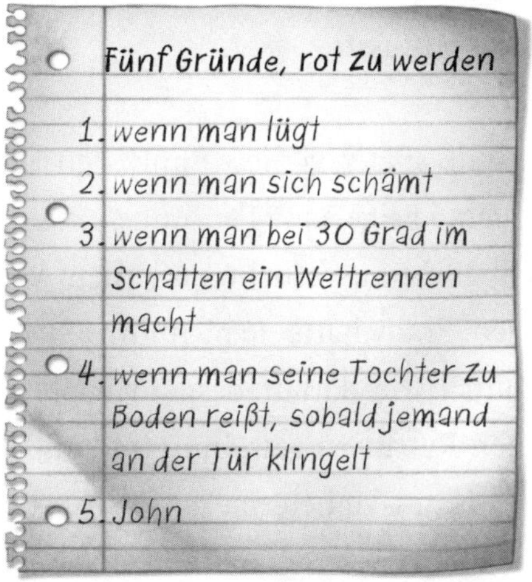

»Es tut mir wirklich leid«, sagte Jim. »Und ich hoffe, wir vom ›Secret Garden‹ können es wiedergutmachen. Es wäre uns eine Freude, wenn du dir einige Pflanzen aussuchen würdest, natürlich gratis.« Er lächelte sein filmreifes Lächeln, aber davon ließ Emily sich nicht mehr einwickeln.

»Ich denke, diese gentechnisch veränderten Pflanzen sind nichts für mich«, sagte sie schroff.

Jims Lächeln verblasste. »Nun … Wir haben auch ganz normale Pflanzen. Sie sind natürlich nicht immun gegen jede nur mögliche Krankheit, und Hunde schrecken sie auch nicht ab …«

Emily wandte sich zum Gehen.

»… aber sie sind das Beste, was man in Undercover City

an naturbelassenen Pflanzen bekommen kann«, beeilte er sich hinzuzufügen. Und dabei sah er sie so flehend an, das sie beinahe lächeln musste.

Eine halbe Stunde später verließ Emily den »Secret Garden«. Sie hatte eine Feige, eine Pecannuss, zwei Pflaumen- und drei Apfelbäume ausgesucht, außerdem verschiedene Gemüsepflanzen. Emily hatte sie nicht umsonst annehmen wollen, aber Jim hatte darauf bestanden, ihr zumindest einen deutlichen Rabatt zu gewähren und außerdem alles am Abend nach Hause zu liefern.

»Wenn deine Eltern noch irgendwelche Wünsche haben, können sie mich gern anrufen«, sagte er, als er sie nach draußen begleitete. *Und erzähl ihnen bitte nichts von Slinky* – das sagte er nicht, aber sein Gesicht sprach Bände.

Sobald Emily auf der Straße stand, sah sie sich nach einer Uhr um. Auf der Fassade eines Käsegeschäfts entdeckte sie eine digitale Anzeige mit einer Laufschrift. Dort konnte man nicht nur die Uhrzeit ablesen – es war vier Minuten nach sechs –, sondern auch die Temperatur (23 Grad), das Datum (12. August) und das Topkäseangebot des Tages (Ananas-Ziegen-Frischkäse im Thymianmantel).

Emily musste sich beeilen, wenn sie noch vor dem Abendessen mit Taylor und John die Kameras im Wald anbringen wollte!

Kurz darauf ließ sie ihr Fahrrad vor dem Haus der Parkers fallen, klingelte und rannte dann so schnell die Treppe zu Taylors Zimmer hoch, dass sie sogar den gelben Pfeil überholte.

Trotzdem nahm sie sich einen Moment Zeit, sich umzusehen, bevor sie Taylors Labor betrat. Auf keinen Fall würde sie sich wieder von John erschrecken lassen!

Doch diesmal stand er gut sichtbar an Taylors Schreibtisch und hielt einen Metallkasten von der Größe einer Zigarettenschachtel in der Hand. Vor Taylor lagen noch mehr dieser Kästen.

Emily überlegte kurz, ob sie den beiden von Slinky erzählen sollte. Aber irgendwie war es ihr peinlich, dass sie ohnmächtig geworden war. Darum beschloss sie, erst einmal nichts zu sagen. Sie hatten ja auch genug andere Dinge zu besprechen.

»Ich hab gleich mal vier Kameras gebaut«, erklärte Taylor. »Dann können wir an verschiedenen Stellen welche installieren. Wir wissen ja nicht, ob der Roboter, oder wem auch immer dieser Metallfinger gehört, noch mal zum Lagerfeuer zurückkehrt.«

»Gute Idee«, sagte Emily.

Aber irgendetwas störte sie. Und plötzlich wurde ihr klar, was die ganze Zeit schon in ihrem Unterbewusstsein geschlummert hatte: *Star Trek.* Und zwar eine ganz bestimmte

Folge, in der Captain Kirk sich auf einer anderen Zeitebene wiedergefunden hatte. Dort lief die Zeit viel schneller ab als gewohnt. Alle anderen konnten ihn nicht sehen, weil er sich für sie viel zu schnell bewegte. Und für Kirk sah es so aus, als wären alle anderen eingefroren oder versteinert, weil sie so unendlich langsam waren.

Captain Kirk war übrigens nicht allein gewesen in dieser schnellen Zeit. Mit Schrecken dachte Emily daran, was die anderen Menschen auf dieser Zeitebene getan hatten. Sie griffen die »langsameren« Menschen nach Belieben an, manipulierten sie und schadeten ihnen, ohne dass die irgendetwas dagegen tun konnten.

Würden Taylor und John sie auslachen, wenn sie ihnen davon erzählte? Emily beschloss, es darauf ankommen zu lassen. Denn wenn sie es mit einem Gegner zu tun hatten, der nicht nur schnell war, sondern auch irgendwelche finsteren Absichten verfolgte, dann hatten sie ein echtes Problem.

Als Emily fertig war, sagte John nachdenklich: »Interessant.«

»Total abgefahren!«, bekräftigte Taylor. »Mal sehen, ob ich was darüber finde.« Sie hämmerte etwas in eine der vielen Computertastaturen, die überall herumlagen.

John runzelte die Stirn und drehte den Metallkasten mit der Hochgeschwindigkeitskamera in der Hand hin und her.

»Wenn wir es mit einem intelligenten Wesen zu tun haben, das sich so schnell bewegen kann, dass wir es nicht sehen können«, sagte er, »dann haben wir ein Problem.«

»Genau«, sagte Emily. Deshalb hatte sie sich ja durchgerungen, den beiden von Captain Kirk zu erzählen.

Taylor unterbrach ihr Tippen und sah hoch. »Was für ein Problem?«

»Das Problem sind wir«, sagte Emily. »Weil wir nicht so schnell sind wie der, den wir suchen. Wenn er so ist wie Captain Kirk in dieser *Star-Trek*-Folge, dann bewegen wir uns in seinen Augen nur in Zeitlupe. Und dann haben wir keine Chance, die Kameras unbemerkt im Wald aufzuhängen. Unser Gegner könnte uns in aller Seelenruhe dabei beobachten und die Kameras zerstören, bevor sie auch nur ein einziges Bild gemacht hätten.«

»Tja«, sagte Taylor, »das ist wirklich ein Problem.«

»Wenn die Kameras nur kleiner wären!«, seufzte Emily.

John richtete sich auf. »So klein, dass wir sie unauffällig fallen lassen könnten.«

Genau, dachte Emily. *Fallen lassen wie …*

»Vielleicht könnten wir sie in Pinienzapfen oder so was einbauen«, schlug sie vor. »Geht das, Taylor?«

»Kein Problem«, sagte Taylor. »Zumindest kein unlösbares. Ich mach mich sofort an die Arbeit. Gebt mir ein bisschen Zeit …«

Sie riss John den Metallkasten aus der Hand und begann ihn aufzuschrauben.

Emily sah auf Taylors Computeruhr und stellte erschrocken fest, dass sie noch genau acht Minuten Zeit hatte, um pünktlich zum Abendessen zu Hause zu sein. Nein, sie konnte nicht warten, bis Taylor fertig war. Dad war durchaus zuzutrauen, dass er sie per Chip suchen ließ, wenn sie auch nur eine Minute zu spät kam. Aber sie wollte die beiden auch nicht im Stich lassen …

»Taylor und ich können das mit den Kameras nachher allein erledigen«, sagte John.

Konnte er etwa auch noch Gedanken lesen?

Nein, Unsinn. Er hatte nur gemerkt, dass sie auf die Uhr gesehen hatte.

»Klar, mach dir keinen Kopf«, sagte Taylor und riss ein Kabel aus dem Metallkasten.

»Na gut«, sagte Emily zögernd. Sie wäre zu gern dabei gewesen!

John lächelte durch die Haarsträhne hindurch, die ihm ins Gesicht gefallen war. »Ich ruf dich an, sobald wir fertig sind.«

Emily spürte, dass sie wieder rot wurde, und sagte schnell: »Ich drücke euch die Daumen!« Dann düste sie los.

Mom hatte gekocht. Das war schon eine Sensation an sich. Noch erstaunlicher war, dass ihr Thunfisch-Bohnen-Auflauf nicht nur essbar aussah, sondern auch richtig lecker roch.

»Ich wollte immer schon kochen lernen«, sagte sie, als sie den Auflauf schwungvoll auf den Tisch stellte. »So schwer kann das ja nicht sein, und jetzt habe ich endlich Zeit dafür.«

»Das finde ich toll, Schatz«, sagte Dad.

»Warum greift ihr dann nicht zu?« Mom kämpfte mit ihren riesigen Topfhandschuhen und wischte dabei Emilys Besteck vom Tisch.

»Eine Kelle wäre ganz praktisch.« Dad stand auf, aber Mom war schneller.

Dad und Emily grinsten sich an.

»Na, wie war dein erster Schultag?«, fragte er.

Mom kam mit einer Kelle zurück, und Emily erzählte beiden von dem Verhör im Zimmer der Schulleiterin.

»Susan Black«, meinte Mom kopfschüttelnd. »Sie war ein Ass als Verhörspezialistin. Offenbar fällt es ihr schwer, ihre alten Gewohnheiten abzulegen. Ich hoffe, sie hat dir keine Angst gemacht?«

Emily stocherte in ihrem Auflauf. »Am Anfang schon«, gab sie zu. »Aber als sie hörte, dass ihr meine Eltern seid, konnte sie sich vor Begeisterung kaum halten.«

Mom blickte verlegen auf ihren Teller, Dad lächelte.

»Und sie war nicht die Einzige«, sagte Emily. »Offenbar weiß hier jeder über euch Bescheid – außer mir. Also: Warum finden euch alle so toll? Was wissen sie über euch, das eure eigene Tochter nicht weiß?«

Sie nahm einen Bissen von dem Auflauf und widerstand dem Reflex, alles gleich wieder auszuspucken. Der Umgang mit Salz und Pfeffer war wohl doch nicht ganz so einfach, wie Mom sich das vorstellte. Auch Dad hatte probiert und stürzte jetzt ein Glas Wasser hinunter.

»Na ja«, sagte Mom, die von alldem nichts mitbekommen hatte. »Ich bin ja von Hause aus Sprachwissenschaftlerin. Und ich war wohl nicht schlecht im Entschlüsseln von Codes und geheimen Nachrichten.«

»Nicht schlecht?!«, rief Dad und ließ die Gabel fallen. »Du warst die Beste!«

Mom lächelte geschmeichelt. »Aber du warst auch nicht übel, Schatz.« Sie wandte sich an Emily. »Das Schloss, das dein Dad nicht knacken kann, muss erst noch erfunden werden. Nimm mal als Beispiel die Sache in Bajanchongor. Da hatte sich der weltweit gesuchte Doppelagent Homer Christian verschanzt, und niemand …«

Endlich!, dachte Emily. Endlich würde sie etwas über das aufregende Agentenleben ihrer Eltern erfahren!

Es klingelte an der Tür.

Dad hechtete auf Emily zu und riss sie zu Boden. Im nächsten Moment half er ihr wieder auf, klopfte mit rotem Kopf an ihrer Kleidung herum und murmelte: »Tut mir leid. Alte Gewohnheiten.«

Trotzdem näherte er sich der Haustür vorsichtig von der Seite und spähte hinaus, bevor er sie öffnete. Mom und Emily warfen sich einen vielsagenden Blick zu. Es war Jim vom »Secret Garden«. Dad wollte ihn durchsuchen, aber Mom schob ihn zur Seite und bat Jim, die Pflanzen auszuladen und in den Garten zu bringen. Jim bestand jedoch darauf, dass sie sofort eingepflanzt werden mussten. Wohl oder übel stellte Mom den Auflauf wieder in den Ofen, und gemeinsam suchten sie die Plätze für die verschiedenen Bäume aus, hoben Löcher aus und pflanzten die Bäume ein.

Emily mochte Gartenarbeit – aber nicht heute. Sie musste immerzu an John und Taylor denken. Ob sie die Kameras schon im Wald platziert hatten? Hoffentlich hatte der Unsichtbare sie nicht entdeckt!

Es dauerte ewig, bis jeder Baum an seinem Platz war. Sie gruben und harkten, und nach über einer Stunde verabschiedete Jim sich endlich.

Als sie wieder am Tisch saßen und sich über den Auflauf hermachten, während es draußen allmählich dunkel wurde, nahm Mom den Faden wieder auf: »Also, die Sache in Bajanchongor …« Weiter kam sie nicht, weil plötzlich eine E-Gitarre in Emilys Hosentasche loskreischte.

Es dauerte einen Moment, bis sie begriff, dass das ihr Handy war. Es klingelte, zum ersten Mal!

»Willst du nicht drangehen?«, fragte Dad.

Emily klappte das Handy auf und hielt es ans Ohr.

»Alles in Ordnung«, sagte John. »Ich denke, unser schneller Gegner hat nichts gemerkt.«

»Okay. Danke, dass du angerufen hast.«

»Hab ich doch versprochen. – Wie war's denn eigentlich im Secret Garden? Bei Taylor hatten wir gar keine Gelegenheit, darüber zu sprechen.«

Irgendwann musste Emily über Slinky reden, das wusste sie. Ihr wurde immer noch flau, wenn sie daran dachte, dass sie beinahe ernsthaft verletzt worden wäre. Mom und Dad konnte sie nichts sagen, die würden ... Emily hatte keine Ahnung, was sie tun würden, aber sie hatte keine Lust, es herauszufinden.

Sie entschuldigte sich bei ihren Eltern und ging hinaus, um mit John zu reden. Dad sah ihr neidisch hinterher. Wahrscheinlich beneidete er sie, weil sie dem total versalzten und verpfefferten Auflauf entkam, während Mom ihm nun schon die zweite Portion auf den Teller schaufelte.

Emily berichtete John von ihren Erlebnissen im »Secret Garden« und ging dabei hoch in ihr Zimmer. Sie setzte sich auf die Fensterbank. Die Sonne schickte ihre letzten Strahlen durch die Pinien, aber der größte Teil des Waldes lag schon in tiefer Dunkelheit, die alles verbarg: Vögel, Eidechsen, Insekten – und Unsichtbare.

Sie erzählte John von der Gärtnerei und von Slinky, und je länger sie sprach, desto erleichterter fühlte sie sich.

John schwieg die ganze Zeit über, aber als sie den traurigen Mann erwähnte, schrie er plötzlich so laut, dass Emily das Handy auf Armlänge von sich streckte. Trotzdem konnte sie ihn noch hören.

»Hubert Williams, dieser ... Mistkerl! In den Knast sollte man den stecken! Ihn und alle, die für ihn gearbeitet haben!«

»Mir ist ja nichts passiert«, sagte Emily zaghaft.

Eine ganze Weile schwiegen sie beide, bis John leise sagte: »Ja, zum Glück. – Bis morgen dann.«

»Bis morgen.«

Emily klappte das Handy zu und ging zurück in die Küche, wo der Auflauf glücklicherweise schon abgeräumt war. Zum Nachtisch gab es Walnusseis, das Mom im Supermarkt gekauft hatte, und Emily stürzte sich hungrig darauf.

Dad beugte sich verschwörerisch vor. »Du hast ja ganz schön lange telefoniert. Ging es da vielleicht um ein Rendezvous?«

Emilys Gesicht wurde heiß.

»Nur Hausaufgaben«, murmelte sie und starrte auf ihren Teller.

»Also, du wolltest ja etwas über Bajanchongor wissen«, sagte Mom. »Wir waren damals …«

Diesmal war es Dad, der die Geschichte nach einem Blick auf die Küchenuhr unterbrach.

»Tut mir leid, ich muss los.«

»Ach Dad«, sagte Emily, »da stand doch etwas von einer ›geheimen Mission‹ auf deinem Zettel heute Mittag. Worum ging es denn da?«

»Geheime Mission?«, sagte Mom lächelnd.

Dad grinste wie ein kleiner Junge. »Da müsst ihr euch noch etwas gedulden. Es ist eine Überraschung, und ich weiß erst morgen früh, ob es klappt. Aber haltet euch morgen Abend vorsichtshalber schon mal frei.«

Als er weg war, erzählte Mom endlich von Bajanchongor. Aber obwohl Emily so lange darauf gewartet hatte, endlich etwas über das Agentenleben ihrer Eltern zu erfahren, bekam sie nur die Hälfte mit. Die Sache mit Slinky und auch Johns heftige Reaktion gingen ihr nicht aus dem Kopf.

Und dann war da noch der Unsichtbare. Hatten John und Taylor es geschafft, ihn mit den Minikameras auszutricksen? Würden die Kameras Aufnahmen von ihm machen? Und was würden diese Aufnahmen zeigen?

DAS MONSTER GREIFT AN

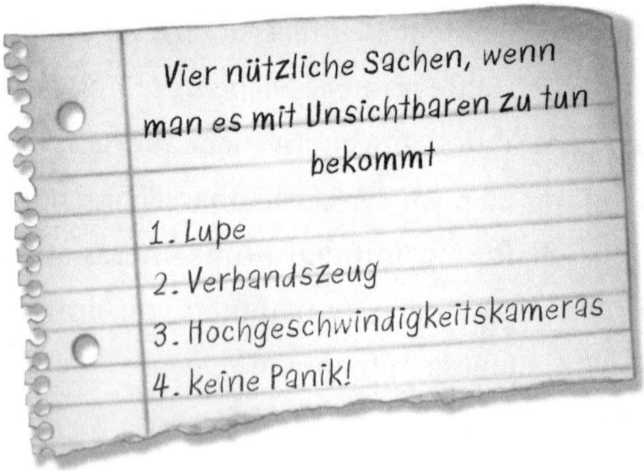

Emily war am nächsten Tag früh genug in der Schule, um Taylor und John vor der ersten Stunde abzufangen.

»Und, habt ihr noch Ärger bekommen? Ich meine, weil ihr erst im Dunkeln nach Hause gekommen seid?«

»Nicht mehr als sonst.« Taylor blickte zu Boden. »Mom hat sich natürlich aufgeregt, aber was soll's.«

Emily konnte nicht glauben, dass Taylor das wirklich egal war. Aber so grimmig, wie sie auf den Boden starrte, fragte Emily lieber nicht nach.

Sie wandte sich an John. »Und bei dir?«

Es klingelte zur ersten Stunde. John sprang auf. »Alles okay«, sagte er.

Aber für Emily klang das genauso unglaubwürdig wie bei Taylor. Dabei hatte Emily sich bei ihrer Frage gar nicht viel gedacht. Offenbar gab es so einiges, worüber ihre neuen Freunde nicht sprechen wollten.

Aber das galt ja auch für Emily. Erst einmal mussten sie sich besser kennenlernen, bevor sie ihre Geheimnisse teilen konnten. Sie wechselte das Thema.

»Wir könnten nach der Schule in den Wald gehen, was meint ihr? Vielleicht haben die Kameras ja schon etwas aufgezeichnet.«

John nickte.

»Sollen wir uns bei Jack O'Malley treffen?«, fragte Taylor. »Ich kann die Aufnahmen der Kameras zwar per Fernabfrage downloaden, aber allzu weit entfernt sollten wir nicht sein. Und bei Jack wären wir vor neugierigen Blicken geschützt.«

Neugierige Blicke von unsichtbaren Monstern, dachte Emily mit einem Schaudern.

Nach dem Mittagessen rannte Emily, so schnell sie konnte, durch den Wald, um Jack O'Malleys Haus zu erreichen, ohne dass der Sheriff sie sah.

Schon von Weitem konnte sie Jacks aufgeregte Stimme hören. Als sie das Haus betrat, schüttelte er gerade Johns Hand von seinem Arm ab.

»Nein, ich werde mich nicht beruhigen!«, rief er. »Dieses Monster hat Candice fast umgebracht!«

Er hockte sich neben den Hundekorb beim Kamin. Vorsichtig streichelte er dem goldbraunen Hund, der regungslos dort lag, den Kopf und murmelte beruhigende Worte. John und Taylor standen mit bedrückten Mienen daneben.

»Was ist denn passiert?«, fragte Emily.

John deutete auf den Hund. »Vermutlich hat der … der Unbekannte Candice angegriffen.«

»Vermutlich?!«, rief Jack. »Angefallen und gebissen hat er sie! Dafür bringe ich den Mistkerl um!«

»Habt ihr denn schon …«, begann Emily.

John legte einen Finger an die Lippen.

Natürlich, er hatte recht. Es war besser, wenn sie nicht vor Jack über die Kameras sprachen. Er würde sicher sofort den Sheriff informieren, und dann bekamen sie einen Riesenärger.

Aber wenn sie wirklich Aufnahmen von dem Monster machten, das wurde Emily nun zum ersten Mal klar, dann mussten sie sowieso zum Sheriff gehen, damit er etwas unternehmen konnte.

Die drei setzten sich aufs Sofa, und Taylor tippte sofort wieder auf ihrem Smartphone herum. Ein Downloadbalken wurde angezeigt, dann flogen Bilder über das Display. Wie es aussah, zeigten sie nur Bäume.

»Mistverband!«, fluchte Jack, der gerade versuchte, Candice den Verband zu wechseln, »das Ding hält einfach nicht!«

»Mit Verbänden kenne ich mich aus.«

Emily ging zu Jack hinüber und nahm ihm den Verband aus der Hand. Dann sah sie sich Candice' Wunde näher an.

Der Biss war nicht tief, blutete aber stark. Emily faltete den Verband und wollte ihn gerade auf die Wunde drücken, als sie stutzte.

Jack fuhr sich über die Glatze. »Sie wird doch durchkommen?«

»Aber sicher«, sagte Emily. »Haben Sie vielleicht eine Lupe?«

Jack lief ins Nebenzimmer und kam kurz darauf mit einer Lupe zurück. Er war so blass, dass Emily ihm befahl, sich hinzusetzen, während sie die Wunde durch das Vergrößerungsglas betrachtete.

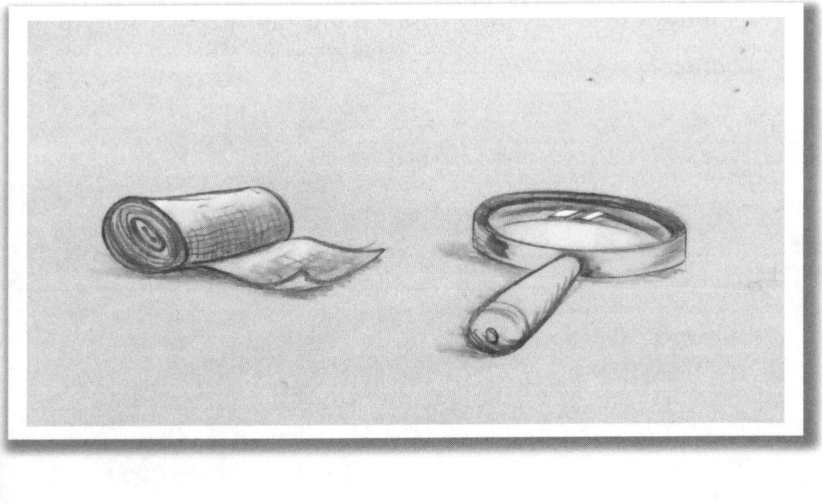

»Ist es schlimm?«, fragte Jack matt vom Sofa her.

»Nein, die Wunde ist sauber, und Candice wird wieder gesund«, sagte Emily stirnrunzelnd. Sie überprüfte die Wunde noch einmal Millimeter für Millimeter mithilfe der Lupe, aber das Ergebnis war immer dasselbe. Ihr wurde flau im Magen.

»Ich rufe jetzt Bob Smith an«, sagte Jack, der sich wieder gefangen hatte. »Er muss etwas unternehmen!«

»Taylor, John?«, sagte Emily. Ihre Stimme zitterte ebenso wie ihre Hände, mit denen sie die Wunde verband. »Können wir gehen?«

»Bin so weit«, sagte Taylor, den Blick auf ihr Smartphone geheftet.

Aber John hatte etwas gemerkt.

»Ist was mit dir?«, fragte er.

Emily war so bestürzt, dass sie nur den Kopf schütteln konnte.

DER UNSICHTBARE WIRD SICHTBAR

John deutete auf einen Schuppen, der ein Stück von Jacks Haus entfernt stand.

»Da können wir ungestört reden, ohne dass der Sheriff uns entdeckt«, sagte er.

Wie sich herausstellte, stimmte das nur zum Teil, denn hier lebten Jacks Tauben. Es wimmelte nur so von ihnen, und alle fraßen, gurrten lautstark und ließen alle naselang Kot fallen.

Die drei bahnten sich einen Weg zwischen den Tauben hindurch, die sie aufgeregt umflatterten, bis sie zu einer alten Holztruhe kamen.

»Da setz ich mich nicht drauf«, sagte Taylor angewidert.

Emily hielt sich die Nase zu. »Ich auch nicht.«

John seufzte, zog sein T-Shirt aus und breitete es über den weiß gesprenkelten Truhendeckel. Mit einer galanten Geste forderte er die Mädchen auf, sich zu setzen.

»Also«, sagte er dann, »was ist los, Emily?«

Taylor, die im Haus die ganze Zeit auf ihr Smartphone gestarrt hatte, sah sie überrascht an.

»Die Ränder waren zu glatt«, sagte Emily.

»Was für Ränder?«, fragte Taylor, aber John nickte sofort.

»Die Ränder der Wunde«, sagte John. »Das bedeutet, dass es kein Biss war, sondern ein Schnitt.«

Taylor schnappte nach Luft.

Bisher hatte immer noch die Möglichkeit bestanden, dass sie es nicht mit einem intelligenten Gegner zu tun hatten, sondern nur mit einem sehr schnellen Raubtier. Das Lagerfeuer konnte schließlich jeder gemacht haben, und der Metallfinger war vielleicht gar kein Finger, sondern nur irgendein Stück Metall. Aber jetzt war endgültig klar, dass ihr Gegner kein Tier sein konnte. Er war ein intelligentes Wesen. Ein bewaffnetes intelligentes Wesen. Und wie es aussah, ging er zum Angriff über. Was würde er wohl tun, wenn er merkte, dass sie ihn mit Hochgeschwindigkeitskameras austricksen wollten?

Emily hatte am längsten Zeit gehabt, sich mit diesen Gedanken zu beschäftigen, und sie fing sich auch als Erste wieder.

»Lasst uns die Aufnahmen ansehen«, sagte sie mit belegter Stimme. »Dann wissen wir vielleicht endlich, mit wem wir es zu tun haben.«

Zum ersten Mal, seit Emily sie kannte, zögerte Taylor. Aber dann zog sie doch ihr Smartphone hervor, und sie steckten die Köpfe zusammen.

Die Aufnahmen der ersten Kamera spielte Taylor im Schnelldurchlauf ab.

»Müsstest du das nicht langsamer laufen lassen?«, wollte Emily wissen. »Immerhin ist der Unsichtbare doch so schnell, dass er vermutlich nur auf wenigen Bildern zu sehen ist.«

Taylor schüttelte den Kopf. »Das wäre richtig, wenn ich die Kameras einfach auf Daueraufnahme programmiert hätte. Aber da ich keine Lust hatte, stundenlang bewegungslose Bäume anzugucken, hab ich gestern Abend noch einen Sensor eingebaut. Die Kameras schalten sich damit nur ein, wenn sie eine Bewegung registrieren, die schneller ist als eine Meile pro Stunde.«

John wollte etwas sagen, aber Taylor kam ihm zuvor. »Klar, um den Unsichtbaren nicht zu verpassen, muss die Aufnahme sofort gestartet werden, wenn er auftaucht. Aber 0,1 Millisekunden Reaktionszeit sollten ausreichen. Hoffe ich zumindest.«

Die Aufnahmen der ersten Kamera zeigten den dreien

eine Gruppe Kaninchen, etwas später zwei knutschende Teenager und am frühen Morgen noch einen Kojoten.

Der Kojote war schnell, sehr schnell. Wenn Emily es wegen des Schnitts an Candice' Bein nicht besser gewusst hätte, hätte sie ihn wohl für den geheimnisvollen Unsichtbaren gehalten.

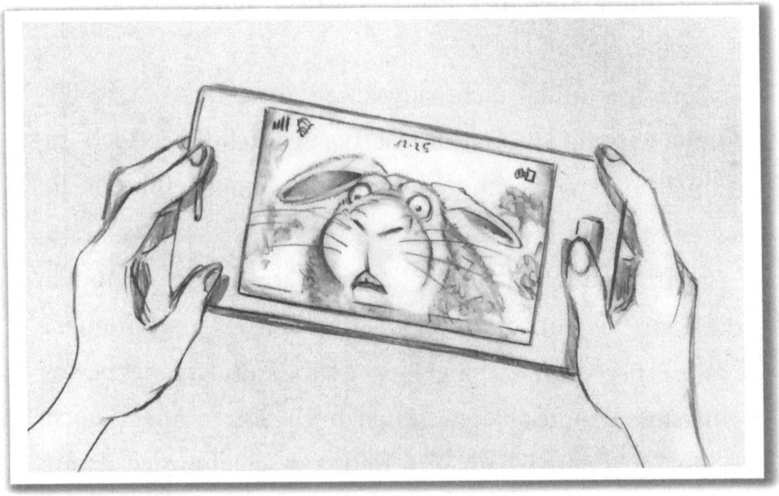

Taylor spulte die Aufnahmen der zweiten Kamera ab. Ein Gecko, eine Schlange. Eine Fledermaus flog durchs Bild. Sonst nichts. Sie seufzte und nahm sich die Aufnahmen der dritten Kamera vor. Emily rutschte auf der harten Truhe hin und her, John gähnte.

Und dann war er plötzlich da. Der Unsichtbare, der mit einem Mal sichtbar wurde.

Im ersten Moment war Emily enttäuscht. Das war bestimmt kein Monster. Es war nicht mal ein Roboter. Nein, der Unsichtbare sah wie ein ganz normaler Mann aus. Ein sehr muskulöser Mann, zugegeben. Aber sonst war nichts Bemerkenswertes an ihm. Er trug Jeans und ein grünes T-Shirt und hatte braune Haare, die offenbar schon länger nicht mehr geschnitten worden waren. Neben ihm auf dem Boden lag ein schmuddeliger Rucksack, der früher wohl mal blau gewesen war. An der linken Hand trug der Mann einen Verband.

»Irgendwie erinnert er mich an jemanden …«, murmelte Taylor. Aber dann lachte sie. »Ach was, vergesst es.«

»Was macht er denn da?«, fragte Emily.

Die drei beugten sich näher über das kleine Display des Smartphones.

»Ich glaube, er schnitzt etwas«, sagte John schließlich.

»Es sieht aus wie … wie eine Schlange«, sagte Emily.

»Seht euch nur diese winzigen Schuppen an«, sagte Taylor staunend. »Der Mann ist ein wahrer Künstler!«

»Vielleicht ist er ja gar nicht der, den wir suchen«, sagte Emily. »Sondern nur irgendein Mann, der im Wald schnitzt. Und das nicht einmal besonders schnell.«

John schüttelte den Kopf und deutete auf den Timecode, der unten im Display zu sehen war. Emily schluckte. Die Szene, die sie betrachteten, war mit fünftausend Bildern pro Sekunde aufgenommen worden! Und sie wurde jetzt mit 24 Bildern pro Sekunde abgespielt. Das bedeutete …

»Wir sehen hier also in gut drei Minuten das, was in Wirklichkeit nur eine einzige Sekunde gedauert hat?«, fragte Emily.

Taylor hatte es offenbar die Sprache verschlagen. Sie nickte nur.

Ungläubig verfolgten die drei, wie der Mann konzentriert an der Schlange schnitzte und dabei immer wieder den Kopf zur Seite legte. Doch plötzlich bewegte er sich nicht mehr.

»Ist was kaputt?«, fragte Emily. Taylor schüttelte stirnrunzelnd den Kopf.

»Lass es schneller laufen«, schlug John vor. »Vermutlich fühlt er sich sicher und hat deshalb in den Normalzeitmodus geschaltet.«

Das ergab Sinn, vor allem, weil die schnelle Bewegung den Mann vermutlich sehr viel Energie kostete. In Echtzeit schnitzte der Mann viele Minuten lang, und die drei sahen gebannt zu. Da deutete John plötzlich auf eine Ecke des Displays, und gleichzeitig beschleunigte der Mann seine Bewegung. Das, was am Rand des Displays aufgetaucht war, rannte so schnell auf den Mann zu, dass Taylor die Wiedergabegeschwindigkeit sofort verlangsamte und zurückspulte.

»Das ist Candice!«, rief Emily.

Sie hatten keinen Ton, aber sie sahen, dass der Hund den Mann mit hochgezogenen Lefzen ankläffte. Und dann sprang er ihn an.

Der Mann ließ das Messer so schnell fallen, dass sie es kaum mitbekamen. Taylor fluchte und tippte auf dem Display herum. Candice flog derweil in Zeitlupe auf den Mann zu, während der Mann immer schneller wurde. Und bevor Candice ihn beißen konnte, wehrte er sie mit einer blitzschnellen Bewegung seines Armes ab.

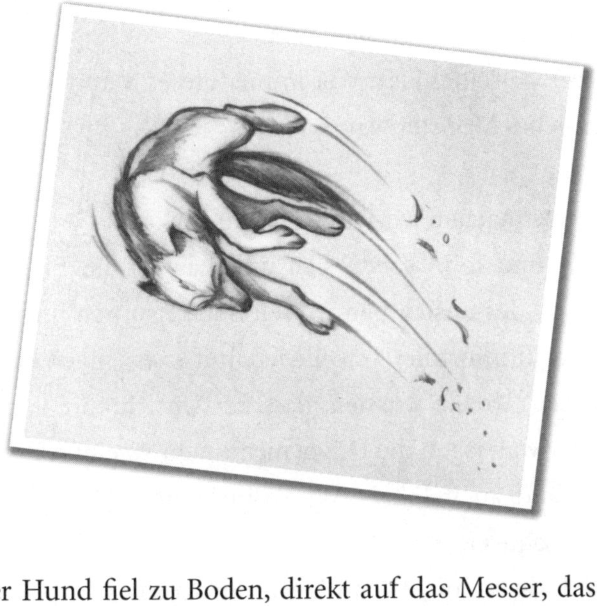

Der Hund fiel zu Boden, direkt auf das Messer, das der Mann hatte fallen lassen. Humpelnd kam er wieder auf die Beine. Der Mann machte einen Schritt auf den Hund zu, doch der bellte ihn mit gesträubtem Fell und angelegten Ohren an und zog sich humpelnd zurück. Der Mann stand da und sah ihm unschlüssig hinterher.

»Er hat Candice gar nicht angegriffen«, flüsterte Taylor fassungslos. »Es war ein Unfall!«

Sie sahen sich die Aufnahme noch einmal an. Vielleicht hatten sie etwas übersehen? Aber sie kamen immer wieder zum selben Schluss: Der geheimnisvolle Mann hatte nicht versucht, Candice zu verletzen – er hatte dem Hund wahrscheinlich sogar helfen wollen, nachdem der so unglücklich auf das Messer gefallen war.

Damit war eines klar: Wer immer dieser Mann war – ein gefährliches Monster war er nicht.

»Und was machen wir jetzt?«, fragte Taylor.

Emily und John sahen sich unbehaglich an. Eigentlich hatten sie das unsichtbare Wesen nur aufspüren und dann den Sheriff informieren wollen, damit er es fangen konnte. Aber jetzt, wo sie wussten, dass der Unsichtbare gar kein Monster war, lagen die Dinge nicht mehr so einfach.

Das fand auch John. »Wir können dem Sheriff nichts sagen«, sagte er.

»Und warum nicht?«, wollte Taylor wissen.

John schaute sie finster an. »Wenn sie ihn fangen, dann sperren sie ihn ein. Und sie werden ihn so lange als Versuchskaninchen benutzen, bis sie wissen, warum er sich so schnell bewegen kann.« Er trat gegen einen Sack Vogelfutter, und einige Tauben flatterten aufgeregt durch die Luft. »Wahrscheinlich lassen sie ihn nie wieder frei, und er stirbt in irgendeinem Labor.«

»Na ja, ganz so schlimm wird es sicher nicht …«, begann Taylor, aber John schrie sie an: »Doch, genau das wird passieren!«

Taylor hob die Hände. »Schon gut.«

Emily wusste nicht, warum John sich so aufregte. Aber auch sie hatte kein gutes Gefühl dabei, den Unsichtbaren der Polizei auszuliefern.

»Wie wäre es, wenn wir dem Sheriff nichts sagen?«, schlug sie vor. »Ich meine: noch nicht? Wir könnten doch erst mal auf eigene Faust ermitteln. Den Sheriff können wir ja immer noch einweihen, wenn wir mehr wissen.«

Taylor runzelte die Stirn. »Na, ich weiß nicht …«

Emily deutete auf das Bild des Mannes, das immer noch auf dem Smartphone zu sehen war. »Willst du denn gar nicht wissen, ob der Metallfinger zu unserem Unsichtbaren gehört? Immerhin trägt er ja einen Verband an der Hand. Ich meine, den Finger müssten wir natürlich auch abgeben, wenn wir Bob Smith informieren …«

»Nicht, bevor ich ihn gründlich untersucht habe!«, rief Taylor. »Na gut, geben wir uns noch einen Tag, okay?«

»Okay«, sagte Emily.

»Danke«, flüsterte John.

Aber Emily hatte ein ungutes Gefühl im Bauch. Was, wenn der seltsame Mann doch gefährlich war?

DER TEUFELSKREIS

Hätte Emily gewusst, was ihr der nächste Tag bringen würde, wäre sie im Bett geblieben.

Obwohl: Im Bett hätte sie es auch nicht mehr ausgehalten, nach diesem schrecklichen Albtraum. In ihrem Traum hatte sie den Mann aus dem Wald gesehen, festgeschnallt auf einem Untersuchungstisch in einem Labor. Eine Gestalt in einem weißen Arztkittel, das Gesicht hinter einem blutroten Mundschutz versteckt, beugte sich mit einer Säge in der einen und einem riesigen Brotmesser in der anderen Hand über ihn. Der Mann auf dem Tisch zerrte an seinen Fesseln und sah Emily flehentlich an. Aber sie konnte nur zusehen, wie der Arzt die Säge ansetzte. Der gefesselte Mann schrie, es gab ein hässliches knirschendes Geräusch … Und dann war plötzlich alles anders. Der Arzt lag festgeschnallt auf dem Tisch und schrie, und der andere Mann beugte sich mit dem Brotmesser über ihn …

Es war erst halb sechs, als Emily aus ihrem Albtraum hochschreckte, aber sie wusste sofort, dass sie nicht mehr einschlafen würde. Während sie sich leise anzog, kreisten die Gedanken in ihrem Kopf: Wenn sie den Unsichtbaren an den Sheriff auslieferten, würde er für den Rest seines Lebens eingesperrt und untersucht werden. Aber wenn er gefährlich war, dann mussten sie dem Sheriff alles sagen, was sie wussten, und zwar sofort. Wenn sie das aber taten, würden sie den Mann irgendwann fangen, und dann wurde er eingesperrt … Es war ein Teufelskreis.

Emily ging ins Bad und klatschte sich eiskaltes Wasser ins Gesicht. Sie sah in den Spiegel. Ein ziemlich müdes Gesicht blickte zurück.

»Okay, wie komme ich aus dieser ausweglosen Situation raus?«, fragte Emily das Mädchen im Spiegel. »Deine Eltern sind Topagenten, da sollte dir doch was einfallen. Jetzt sag schon, ich brauche Informationen!«

Und im selben Moment wurde ihr klar, dass genau das die Lösung war: Sie brauchte Informationen. Sie war sich zwar ziemlich sicher, dass der Unsichtbare ungefährlich war. Na gut, er versteckte sich, und Emily hatte keine Ahnung, warum. Aber er hätte sie und auch jeden anderen im Wald schon x-mal gefahrlos angreifen können, wenn er das gewollt hätte. Überhaupt hatte er seine besondere Fähigkeit bisher nicht ein einziges Mal missbraucht, soweit sie wusste. Er hätte ja die Bewohner von Undercover City auch jederzeit bestehlen oder sonst was anstellen können.

Ja, Emily war ziemlich sicher, dass der Unsichtbare nichts Böses im Schilde führte. Aber sie musste ganz sicher sein. Erst dann konnte sie wissen, ob sie den Sheriff informieren mussten oder nicht.

Die Uhr über der Badewanne zeigte zehn vor sechs. Bis die Schule anfing, hatte Emily noch fast zwei Stunden Zeit.

Die Sonne war noch nicht aufgegangen, trotzdem konnte Emily hervorragend sehen – wenn auch alles einen deutlichen Grünstich hatte: Pinien, Steine, Schlangen … Sie sprang zur Seite, um einer Viper auszuweichen, und rückte das Nachtsichtgerät zurecht.

Bob Smith hatte den Browns – abgesehen von einigen besonders gefährlichen Waffen – mittlerweile alles zurückgegeben, was sie bei ihrer Ankunft hatten abgeben müssen, und Emily hatte für ihre Expedition in den Wald eingesteckt, was ihr nützlich erschien. Außer dem Nachtsichtgerät waren das ein Mikrotaser und der schwarze Flummi, der die Sirene auf dem Dach des Hauses der Browns auslöste und gleichzeitig ein Lokalisierungssignal sendete. Mom dachte, Dad hätte die Sirene wieder abgebaut, aber Emily wusste es besser. Trotzdem hatte sie nicht vor, den Flummi zu benutzen. Es war einfach ein gutes Gefühl, zu wissen, dass sie jederzeit Hilfe herbeirufen konnte.

Emily hielt den Flummi in ihrer Hosentasche umklammert, während sie immer weiter in den Wald vordrang. Mit jedem Schritt kam sie sich bescheuerter vor. Wie wollte sie einen Mann aufspüren, der sich so schnell bewegen konnte, dass er unsichtbar wurde? Ihre einzige Hoffnung war, dass er noch schlief. Aber wenn er aufwachte – und das würde er garantiert, so schlecht, wie Emily im Anschleichen war –, würde ihr auch der Mikrotaser nichts nützen. Er würde ihn ihr abnehmen, bevor sie überhaupt danach greifen konnte.

Und selbst wenn sie ihn schlafend entdeckte: Würde er mit ihr reden? Oder würde er sich sofort aus dem Staub machen – oder sie womöglich angreifen?

Die ersten Sonnenstrahlen schienen durch die Zweige, und allmählich erwachte der Wald. Emily nahm das Nachtsichtgerät ab und ging weiter. Vögel begannen zu singen, zwei von Jacks Tauben gurrten, als sie vorbeiflogen, Piniennadeln raschelten unter ihren Füßen.

Und dann stand da plötzlich jemand vor ihr.

Im ersten Moment war Emily erleichtert, dass es nicht

der Unsichtbare war, sondern nur ein Kojote. Doch dann fauchte er sie an, und hinter ihm brach der Rest seines Rudels durch die Bäume.

Emily zog hastig den Mikrotaser aus der Hosentasche und hielt ihn mit ausgestrecktem Arm vor sich. »Haut ab!«, schrie sie. Aber die Kojoten ließen sich weder von ihrem Geschrei noch von dem Taser beirren. Fauchend und mit angelegten Ohren rückten sie näher. Emily tastete nach dem Flummi. Weg. Er musste ihr aus der Tasche gefallen sein, als sie den Taser herausgezogen hatte …

Sie musste weglaufen, jetzt sofort! Gegen sechs, nein, sieben Kojoten hatte sie keine Chance. Aber sie konnte sich nicht rühren, nicht einmal, als der erste Kojote zum Sprung ansetzte. Emily kniff die Augen zusammen.

Doch der Kojote biss nicht zu. Stattdessen jaulte er plötzlich auf. Emily öffnete die Augen wieder. Aber sie konnte nicht begreifen, was sie da sah: Der große graue Kojote, der sie angegriffen hatte, flog durch die Luft und landete einige Meter von Emily entfernt. Die anderen Kojoten wichen zurück, nur ein besonders großes gelbbraunes Tier ließ sich nicht abschrecken und sprang auf Emily zu. Im nächsten Augenblick flog auch er durch die Luft. Seine Beine hatten kaum den Boden berührt, als er auch schon wegrannte. Die anderen folgten ihm, und nach wenigen Sekunden war alles vorbei.

Emily lauschte noch eine Weile, aber außer schwirrenden Nachtinsekten und dem Ruf einer Eule hörte sie nichts.

Erst als sie sicher war, dass die Kojoten nicht zurückkommen würden, bemerkte sie, dass sie am ganzen Körper zitterte. Aber zu ihrer eigenen Überraschung hatte sie keine Angst. Sie war aufgeregt, und … ja, gespannt. Denn für das, was gerade geschehen war, konnte es nur eine Erklärung geben.

Emily räusperte sich.

»Danke. Vielen Dank«, sagte sie.

Sie konnte ihn nicht sehen, aber der Unsichtbare musste ganz in der Nähe sein. Wer sonst bewegte sich wie der Blitz und war gleichzeitig so stark, dass er es mit Kojoten aufnehmen konnte?

»Ich würde Ihnen gern persönlich danken. Wollen Sie sich nicht zeigen?«

Emily hielt den Atem an. Würde sie ihm gleich gegenüberstehen, dem geheimnisvollen Unbekannten? Doch sosehr sie auch in die Dunkelheit starrte, er ließ sich nicht blicken.

Mit einem Mal wehte ein leiser Windhauch vorbei, und in Emilys Hand erschien wie von Geisterhand eine blasslila Orchidee.

Emily betrachtete die zarten Blütenblätter und lächelte. Obwohl sie allein im Wald stand, in dem sich alle möglichen Gefahren verbergen mochten, fühlte sie sich völlig sicher. Der Unsichtbare war nicht gefährlich. Er hatte die Kojoten vertrieben und ihr eine Blume geschenkt, und das reichte ihr.

»Ich würde gern mit Ihnen reden. Sie können doch nicht ewig hier draußen wohnen!« Sie bekam keine Antwort, also sprach sie einfach weiter. »Ich meine, würden Sie nicht lieber in einem richtigen Bett schlafen statt hier im Wald?«

»Das geht nicht. Sie würden mich wieder einsperren.«

Das Flüstern war direkt an ihrem Ohr. Emily fuhr herum, aber da war schon niemand mehr zu sehen.

»Nein, bitte bleiben Sie!«, rief sie. »Wer sind Sie? Und warum sollte man Sie einsperren?«

Aber obwohl sie noch lange wartete und lauschte, blieb der geheimnisvolle Unbekannte verschwunden.

ALLES LÄUFT SCHIEF

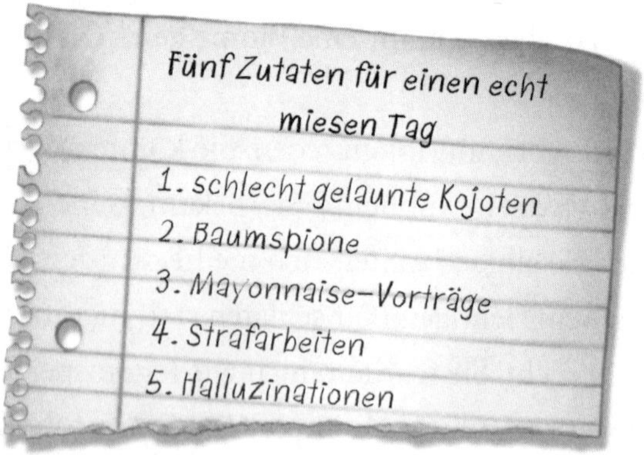

Als Emily von ihrem Ausflug in den Wald zurückkam, war es schon zu spät, um es noch rechtzeitig in die Schule zu schaffen. Außerdem war sie hungrig wie ein Wolf. Im Kühlschrank fand sie nur Toast und Mayonnaise (igitt!), und obwohl sie wie wild in die Pedalen trat, kam sie zu spät zur ersten Stunde. Während sie ins Gebäude rannte und dabei das eklige Toast verschlang, tropfte die Mayonnaise herunter. Das meiste fiel auf den Boden, aber ein dicker Klecks landete auf ihrem T-Shirt. Und Mr White, der Mathelehrer, schüttelte zwar bedauernd den Kopf, als sie eine Entschuldigung hervorstieß, brummte ihr aber trotzdem eine ellenlange Strafarbeit auf.

Doch es sollte noch schlimmer kommen. Denn kaum hatte Emily sich auf ihren Platz neben Taylor fallen lassen, als ein Mann mit einem lockigen Rauschebart die Klasse betrat und zielstrebig auf ihr Pult zusteuerte.

»Emily Brown«, sagte er mit kalter Stimme. »Komm mit.«

Dieser Tag war bisher eine ziemliche Katastrophe gewesen, angefangen von dem Albtraum und den schlecht gelaunten Kojoten. Zwar wusste sie jetzt, dass sich der Unsichtbare im Wald versteckte, damit man ihn nicht einsperrte, und sie war sich sicher, dass er ungefährlich war. Aber wer er war und was sie tun sollten, wenn der Sheriff auf ihn aufmerksam wurde – das wusste sie immer noch nicht.

Außerdem hatte Emily immer schlechte Laune, wenn sie müde war, und heute war sie hundemüde.

»Ich kenne Sie ja nicht mal!«, sagte sie patzig.

Ein Raunen ging durch die Klasse, und Jaspers Mathebuch fiel polternd zu Boden.

Der Mann mit den Locken beugte sich über Emilys Pult, bis seine buschigen Augenbrauen beinahe ihre Stirn berührten.

»Dann wirst du mich jetzt kennenlernen«, sagte er drohend. »Mein Name ist James Miller, und du bist vorübergehend festgenommen. Jetzt komm mit, oder ich hole den Sheriff.«

»Was habe ich denn getan?!«, rief Emily fassungslos.

Mr Miller sah sie kalt an. »Glaub mir, das willst du ganz sicher nicht vor deinen Klassenkameraden erörtern.«

Taylor stieß Emily an. »Nun mach schon!«

Emily wäre am liebsten einfach sitzen geblieben. Aber Taylor sah sie so entsetzt an, dass sie widerwillig gehorchte.

Es war, als würden die grellen Strahlen der Verhörlampe ihr wie Nadeln in die Augen stechen. Aber das machte Emily keine Angst mehr wie beim ersten Mal – sie wurde dadurch nur noch wütender.

»Du weißt, was du getan hast?«, fragte Mr Miller.

»Nein, weiß ich nicht.«Emily verschränkte die Arme vor der Brust. »Und wenn Sie nicht sofort die blöde Lampe ausmachen, sage ich überhaupt nichts mehr!«

Eine Weile geschah nichts, dann ging die Lampe aus. Emily konnte nun Einzelheiten des Raumes erkennen. Vor allem ein Glaskasten hinter Mr Miller fiel ihr ins Auge. Darin waren unzählige schmutzig graue Klumpen aufgereiht, jeder mit einem Schild versehen. Für Emily sahen sie aus wie Kaugummis. Aber das konnte ja nicht sein, also war es wohl eine Nachwirkung der grellen Lampe. Sie rieb sich die Augen.

»Wir kennen uns noch nicht«, sagte Mr Miller mit zusammengekniffenen Augen. »Darum werde ich dich nicht gleich einsperren und den Schlüssel wegwerfen. Aber das kann ich jederzeit nachholen.«

Emily wusste nicht, ob diese Drohung ernst gemeint war.

Aber sie war zu müde, um sich weiterzustreiten, darum nickte sie.

Mr Miller entspannte sich. »Nun gut. Du bist überführt, den Schulhof fahrlässig verschmutzt zu haben.« Er blätterte in seinen Aufzeichnungen. »Die Kameras drei und vier in den Bäumen haben dich gefilmt. Und der DNA-Test, den ich anhand der Speichelspuren in den Mayonnaiseklecksen habe durchführen lassen, lässt ebenfalls keinerlei Zweifel an deiner Schuld zu.« Er sah sie triumphierend an.

»DNA-Test?!«

»Gut für dich, dass du gar nicht erst zu leugnen versuchst.« Er kratzte sich den Bart. »Obwohl dir das auch nicht weiterhilft. Du weißt ja, dass jeder Fall von Umweltverschmutzung in Undercover City gnadenlos verfolgt wird.«

»Nein, wusste ich nicht«, murmelte Emily, der allmählich aufging, warum es in der Stadt so sauber war. Vermutlich führte Mr Miller mit jedem Schmutz, den er auf der Straße fand, DNA-Tests durch. Weggeworfene Apfelkitschen, Kaugummis, Hundehäufchen …

Mr Miller wirkte irritiert. »Äh … nun … Das ist doch allgemein bekannt! Es steht sogar in der Schulordnung.« Er schwenkte eine dicke Broschüre vor ihren Augen, die Emily bekannt vorkam.

»Die hab ich noch nicht gelesen«, sagte sie. »Ich bin gerade erst hierher gezogen, und …«

»Das ist nun wirklich keine Entschuldigung!«, unterbrach Mr Miller sie. »Oder musst du etwa auch erst nachlesen, dass Mord verboten ist, um zu wissen, dass du niemanden umbringen darfst?«

Und so ging es weiter. Als Emily am Ende völlig erschöpft den Verhörraum verließ, war die zweite Stunde schon fast vorbei. Mr Miller hatte ihr »eine allerletzte Chance« gegeben – nachdem er erfahren hatte, wer Emilys Eltern waren. Dann hatte er ihr die Schulordnung in die Hand gedrückt mit dem Auftrag, sie gründlich durchzuarbeiten. Außerdem wies er Emily an, am nächsten Morgen eine Stunde früher in der Schule sein, um den Schulhof zu fegen.

Sie hatte ihre Klasse gerade erreicht, als es zur Pause klingelte. Sofort ging die Tür auf und Taylor stürzte in den Flur.

»Miller hat dich gehen lassen?« Sie umarmte Emily, als hätte sie nicht geglaubt, sie noch einmal wiederzusehen. Dann hielt sie ihre Freundin auf Armlänge vor sich und sah sie prüfend an.

»Er hat dich noch nicht mal zum Weinen gebracht, was? Respekt! Nach allem, was man so hört, sind früher sogar die härtesten Drogenbosse zusammengebrochen, wenn er sie in die Mangel genommen hat.«

Inzwischen hatte sich die ganze Klasse um sie versammelt und betrachtete Emily staunend. Nur John hielt sich im Hintergrund und sah irgendwie verlegen aus. Ein Mädchen berührte Emily vorsichtig am Arm, als wollte sie sichergehen, dass sie keine Fata Morgana war.

»Ich war wohl einfach zu müde«, sagte Emily.

»Krassch«, meinte Oliver, der Sohn von Freddy, dem Besitzer des »CIA«, bewundernd, und kaute wie immer Kaugummi dabei. Bestimmt war auch er mit einem verräterischen Kaugummiklumpen in Millers Vitrine vertreten.

Emily nahm sich fest vor, nie mehr einen Kaugummi auf die Straße zu spucken. Und endlich die Hausordnung der Schule zu lesen. Wenn sie bei all den Strafarbeiten Zeit dafür fand.

Die restlichen Schulstunden gingen ohne weitere Katastrophen vorüber – mal davon abgesehen, dass Taylor erstaunlich wenig Interesse für Emilys Bericht ihres Zusammentreffens mit dem Unsichtbaren und den Kojoten zeigte. Sie guckte immer wieder auf ihr Smartphone, während Emily von ihrem Abenteuer erzählte. John hingegen hing gebannt an ihren Lippen, und als sie fertig war, ließ er sich zu der längsten Äußerung hinreißen, die Emily je von ihm gehört hatte:

»Wie es aussieht, ist er also völlig ungefährlich. Dann wäre es falsch, wenn wir dem Sheriff von ihm erzählen würden. Er tut ja niemandem etwas. Trotzdem sollten wir versuchen herauszufinden, wer er ist. Vielleicht fällt uns dann sogar ein, wie wir ihm helfen können.«

Emily stimmte ihm zu, Taylor nickte geistesabwesend. Sie waren sich einig. Und Emily war überzeugt, dass der Tag, der so mies begonnen hatte, jetzt endlich besser wurde.

Am Nachmittag, als sie zwei Stunden lang in der glühenden Sonne durch die Stadt gelaufen war, wusste sie, dass sie sich geirrt hatte.

John und Emily waren gleich nach der Schule losgezogen, um herauszufinden, wer der geheimnisvolle Mann im Wald war. Vielleicht kannte ihn ja jemand in der Stadt? Die ehemaligen Agenten waren fast alle viel in der Welt herumgekommen, und wenn irgendwer etwas über den Unsichtbaren wusste, dann lebte er jetzt vielleicht in Undercover City.

Um das herauszufinden, hatte Taylor ein Bild des Mannes auf die Displays ihrer Handys geladen. Dann sagte sie allerdings etwas von »wichtigen Sachen«, die sie noch erledigen musste, darum zogen Emily und John allein los. Und zwar jeder für sich, damit sie schneller vorankamen.

Emily hielt jedem, der ihr über den Weg lief, ihr Handy unter die Nase. Schon der Erste wollte wissen, wer der Mann auf dem Foto denn eigentlich sei. Dafür hätten sie sich wohl vorher eine plausible Erklärung ausdenken sollen … Emily improvisierte wild drauflos und erzählte etwas von einem zerstreuten Onkel, mit dem sie verabredet war, der sie aber versetzt hatte und dessen Handy ausgeschaltet war.

Hätte sie eine Strichliste über die Antworten geführt, die von den Leuten kamen, dann hätte die jetzt, nach zwei Stunden, ungefähr so ausgesehen:

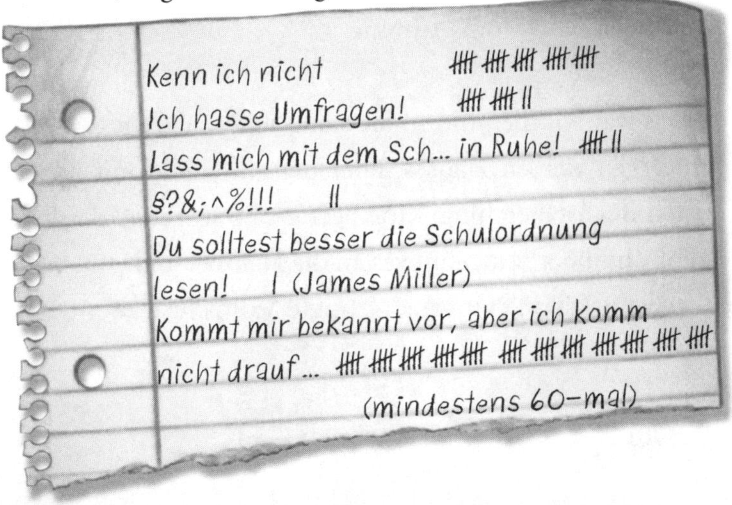

Emilys T-Shirt klebte ihr am Körper. Sie sehnte sich nach einer kalten Dusche, aber vor allem nach literweise Cola. Doch sie musste noch eine Weile durchhalten. Weil sie am Morgen so spät drangewesen war, hatte sie natürlich auch vergessen, Geld einzustecken …

Emily sah sich um. In den letzten Stunden hatte sie ihr Rad kreuz und quer durch die Stadt geschoben, und nun wusste sie nicht mehr, wo sie war. Die Baumwipfel des Waldes konnte sie sehen, aber sie waren sehr weit entfernt.

Seufzend stieg Emily aufs Rad und fuhr auf den Wald zu. Ihr Mund war so trocken, dass die Zunge am Gaumen klebte, wenn sie sie dagegen drückte. Wahrscheinlich würde sie irgendwann einfach vom Rad fallen, und Tage später würde jemand ihre ausgetrocknete Leiche finden, verschrumpelt wie eine Mumie …

»Emily?«

Offenbar hatte sie jetzt schon Halluzinationen, denn das klang ganz wie Moms Stimme.

»Emily!«

Das war wirklich Mom! Sie stand in der Tür eines zweistöckigen weißen Hauses, über der ein Schild mit knallroten Buchstaben hing: »Top Secret«. Emily schob das Rad zu ihr hinüber und lehnte es an die Häuserwand.

»Wie siehst du denn aus?!«, fragte Mom entsetzt.

EIN UNMÖGLICHER FUND

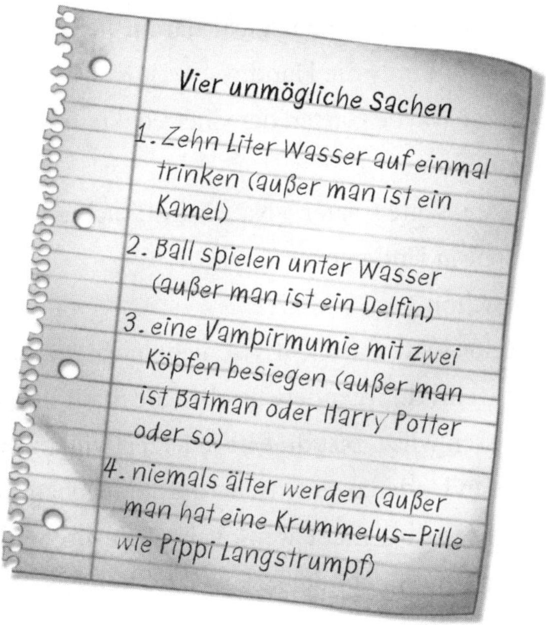

Nachdem Emily ungefähr zehn Liter Wasser getrunken hatte – na ja, vielleicht etwas weniger –, ging es ihr besser. Sie saß in einem bequemen Sessel vor Moms Schreibtisch, auf dem sich neben ihrem geliebten Seidenkaktus Papiere stapelten, und der altmodische Ventilator an der Decke wirbelte die trägen Luftmassen durcheinander.

Gerade erzählte sie Mom von Mr Millers Kaugummisammlung, als ein älterer Mann aus dem Nebenzimmer kam. Mit seiner wilden weißen Haarmähne sah er wie

Albert Einstein aus. Nur dass Einstein vermutlich nie ein Hemd getragen hatte, das quietschrosa oder knatschgrün leuchtete, je nachdem, wie das Licht darauf fiel. Lächelnd reichte der Mann Emily die Hand.

»Emily, das ist Wayne Carter, der Chefredakteur des ›Top Secret‹«, sagte Mom.

»Sehr erfreut«, sagte Carter. »Na, hast du dich schon ein wenig eingelebt in Undercover City?«

»Ich denke schon.«

»Lass dir Zeit«, sagte Carter. »Es ist nicht leicht, neu anzufangen. Und wenn du irgendetwas über die Stadt und ihre Bewohner wissen willst, bist du hier jederzeit willkommen. Ich war schon in Undercover City, als die Stadt gebaut wurde. Und was ich selbst nicht weiß, kannst du im Stadtarchiv nachschlagen. Es befindet sich praktischerweise unten im Keller. – Allerdings«, er wiegte bedauernd den Kopf, die weißen Haare wogten, »sind die meisten Informationen natürlich geheim.«

»Wissen Sie vielleicht, wer das hier ist?«

Emily kramte ihr Handy hervor und hielt Carter das Bild des geheimnisvollen Mannes unter die Nase.

»Hm, er erinnert mich an jemanden …«, sagte er.

Im Geiste machte Emily den einundsechzigsten Strich bei »Kommt mir bekannt vor, aber ich komm nicht drauf«. Doch plötzlich hellte sich Carters Miene auf.

»Ich glaube, ich weiß, wer das ist! Aber ganz sicher bin ich nicht … Lass uns mal im Archiv nachsehen.«

»Äh, wer soll das denn sein?«, fragte Mom da.

Carter stieg schon die Treppe hinab, aber Emily blieb wie angewurzelt stehen. Die Geschichte mit dem zerstreuten Onkel konnte sie Mom nicht auftischen. Aber was sollte sie ihr sonst sagen?

Emilys Blick fiel auf ein Plakat an der Wand über Moms Schreibtisch. Darauf waren mehrere Kinder zu sehen, die mit Lupen in den Händen durch eine Straße schlichen. Darüber stand: »Große Schnitzeljagd zum 40-jährigen Stadtjubiläum.«

»Äh … Schnitzeljagd«, sagte Emily. Sie überlegte fieberhaft. »Ja, ich bin auf einer Schnitzeljagd.«

Mom runzelte die Stirn. Emily redete weiter, obwohl sie noch gar nicht wusste, was sie sagen wollte.

»Also, John und Taylor haben sich eine Schnitzeljagd für mich ausgedacht, und eine Aufgabe ist, herauszufinden, wer dieser Mann ist.«

»Eine Schnitzeljagd?!«, fragte Mom in demselben Tonfall, in dem man vielleicht fragen würde: »Eine Vampirmumie mit zwei Köpfen?«

»Ja, genau«, sagte Emily, und endlich hatte sie die rettende Idee: »Weil ich hier neu bin. So lerne ich Undercover City und die Bewohner besser kennen.«

»Ach so.« Mom schmunzelte. »Na, deine neuen Freunde lassen sich ja ganz schön was einfallen für dich. Lade sie doch demnächst mal zum Essen zu uns ein.«

»Mach ich«, sagte Emily erleichtert und lief die Kellertreppe hinunter.

Der Kellerraum, in dem das Stadtarchiv untergebracht war, war winzig.

Emily hatte deckenhohe Regale mit staubigen Akten und alten Büchern erwartet, aber stattdessen war der Raum hell, sauber – und leer bis auf einen Schreibtisch. Darauf standen nur ein großer Monitor und ein Bilderrahmen, in dem ein Foto steckte von … Jasper? Ja, obwohl das Foto schon einige Jahre alt sein musste, erkannte Emily den tollpatschigen Jungen sofort, der trotz seiner zerrissenen Hose und des Kratzers auf dem Arm in die Kamera lächelte.

»Ist Jasper Ihr Sohn?«, fragte Emily.

Wayne Carter blickte weiter konzentriert auf den großen Bildschirm, aber er schmunzelte. »Das ist sehr schmeichelhaft, aber nein: Jasper ist mein Enkel.«

Er scrollte weiter durch alte Zeitungen, und Emily setzte sich. Die Bilder und Texte rasten so schnell über den Bildschirm, dass sie gar nicht erst versuchte, Einzelheiten zu erkennen. Doch auf einer Seite entdeckte sie ein Datum: 24. März 1986. Sie wollte Carter gerade sagen, dass er den Mann in einer so alten Zeitung sicher nicht finden werde, als er sich zufrieden zurücklehnte und auf den Bildschirm deutete.

»Da hätten wir ihn.«

Das ist unmöglich, wollte Emily sagen, aber die Worte blieben ihr im Hals stecken. Denn von der Titelseite des »Top Secret« vom 24. März 1986 blickte ihr der unsichtbare Mann entgegen. Er hatte den Kopf zur Seite geneigt und hielt eine Blume in der Hand, deren fußballgroße Blüte in allen Farben des Regenbogens schillerte. Unter dem Bild stand: »Hubert Williams stellt seine neueste Kreation vor: die Prismargerite.«

»Ich wusste doch, dass ich ihn kenne«, sagte Carter.

KARATE-MOM

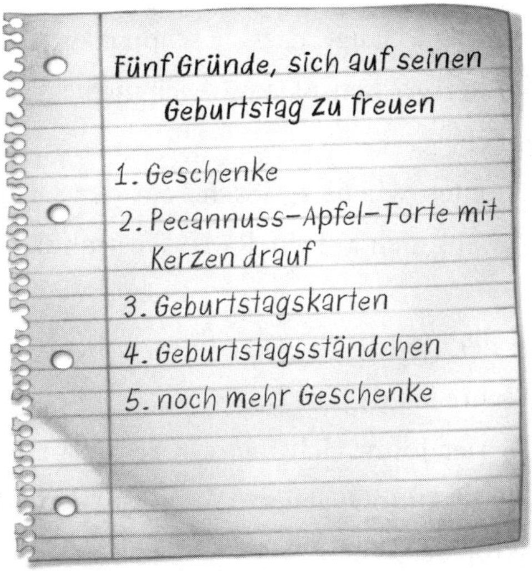

»Er könnte sein Sohn sein«, sagte John.

Emily presste ihr Handy fester ans Ohr, weil sie ihn wegen der Bauarbeiter, die die Straße vorm »Top Secret« aufrissen, kaum verstand.

»Ja, vielleicht. Aber das erklärt noch nicht …« Sie verstummte, als ihr ein erschreckender Gedanke kam.

»Vielleicht doch«, sagte John. »Ich hab dir doch gesagt, dass Hubert Williams mit der Natur herumpfuscht. Vielleicht hat er seinen Sohn ja gentechnisch so verändert, dass …«

»Das glaube ich einfach nicht!«, rief Emily so laut, dass zwei Bauarbeiter sich zu ihr umdrehten.

»Mit seinem eigenen Sohn würde er so was doch nicht machen!«, fuhr sie leiser fort. »Oder?«

John schwieg so lange, dass sie schon glaubte, die Verbindung sei unterbrochen. »Da wäre ich nicht so sicher«, sagte er schließlich.

»Dann sollten wir dieser Sache auf den Grund gehen.« Emily schwang sich auf ihr Rad. »Wo wohnt Hubert Williams?«

»Hinter der Gärtnerei«, sagte John. »Aber …«

»Dann fahre ich da jetzt hin.«

»Nein!«, rief John. »Ich meine«, er räusperte sich, »wir sollten alle zusammen gehen. Wo bist du denn jetzt?«

»Beim ›Top Secret‹.«

Sie verabredeten sich bei John zu Hause, denn das Haus der Familie Martinez lag auf dem Weg zum »Secret Garden«, und der Weg war leicht zu finden. John wollte Taylor von ihren »wichtigen Aufgaben« loseisen und mit ihr nachkommen.

Als Emily das hübsche hellgrün gestrichene Haus der Martinez gefunden hatte, war John noch unterwegs.

Sie blieb am Gartenzaun stehen. Doch die Sonne brannte immer noch erbarmungslos, und so ging sie schließlich zur Haustür hinüber, die unter der überdachten Veranda im Schatten lag. Und da sie nun schon mal vor der Tür stand, konnte sie auch gleich klingeln. Vielleicht hatte Johns Mutter ja etwas Kaltes zu trinken für sie.

Die Türklingel spielte eine Melodie, die Emily an die Musik in den öffentlichen Parks von Shanghai erinnerte, wo sie einige Monate gelebt hatten. Dann schwang die Tür lautlos auf. Emily konnte niemanden sehen, aber das kannte sie ja schon von dem Haus der Parkers. Wahrscheinlich war auch hier irgendwo eine Kamera versteckt. Sie trat in den dunklen Flur und schloss die Tür hinter sich.

»Hallo? Mrs Martinez? Ich …«

Der Angriff kam aus dem Nichts.

Im einen Moment bekam Emily einen Stoß vor die Brust, der sie zu Boden warf, im nächsten drehte ihr jemand die Arme nach hinten und bohrte ihr ein Knie in den Rücken. Es tat nicht weh, aber Emily konnte nicht mal mehr den kleinen Finger rühren. Dann merkte sie, dass sie auch nicht atmen konnte, und Panik stieg in ihr hoch.

Das Knie in ihrem Rücken verschwand. Emily holte tief Luft. »Hey …!«, schrie sie, aber weiter kam sie nicht. Sie wurde hochgerissen, herumgewirbelt, erhaschte einen kurzen Blick auf etwas Grünschillerndes und fand sich flach an eine Wand gepresst wieder, Arme und Beine ausgestreckt.

Sie konnte sich nicht bewegen, aber atmen konnte sie wieder, und jetzt gelang es ihr auch, zu schreien: »Hilfe!!«

Die Hände, die ihre Arme wie Schraubstöcke festgehalten hatten, verschwanden. Dann räusperte ihr Angreifer sich.

»O nein, entschuldige! Ich dachte, du wärst John …« Die weibliche Stimme klang etwas belegt.

Überrascht drehte Emily sich um. Die Frau, die sie angegriffen hatte, war klein, trug ein eng anliegendes grünes Trikot und hatte dieselben dunklen Haare wie John. Emily wollte gerade etwas nicht sehr Nettes sagen, als die Haustür aufging und John hereinkam. Als er Emily an die Wand gelehnt entdeckte, warf er seiner Mutter einen verwirrten Blick zu.

»Mom, was ist hier los?«

Carmen Martinez sah verlegen zu Boden. »Ich dachte, du wärst es.«

Emily rieb sich die Handgelenke.

»Ach, überfallen Sie Ihren Sohn auch immer, wenn er zur Tür reinkommt?«

Jetzt sahen Mutter und Sohn beide verlegen zu Boden.

»Es ist nicht so, wie es aussieht«, murmelte John. »Das gehört zum Training.«

»Nein, es ist meine Schuld«, widersprach seine Mutter. »Ich hätte gleich merken müssen, dass du es nicht bist. Es war viel zu leicht. Deine Freundin …«

»Ich heiße Emily. Emily Brown«, sagte Emily.

»Doch nicht etwa die Tochter von Maggie und Donald?«, rief Carmen Martinez.

Emily seufzte.

»Mom!«, stöhnte John.

»Ist ja gut.« Sie lächelte Emily entschuldigend an. »Jedenfalls tut es mir leid, dass ich nicht sofort gemerkt habe, dass ich es mit einer völlig untrainierten Person …«

»Mom!«

Emily musste lachen, vor allem, weil John so verzweifelt aussah.

»Schon gut«, sagte sie, »es ist ja nichts passiert. – Woher können Sie eigentlich so toll kämpfen?«

»Ich bin in einem Shaolin-Kloster ausgebildet worden, damals, als ich noch im Geheimdienst aktiv war … Na ja, du weißt ja, wie das ist. Bei solchen Eltern!«

Sie kam auf Emily zu, die ein Stück zurückwich. Aber diesmal wurde sie nicht durch die Luft gewirbelt, sondern umarmt.

»Emily, lass mich das wiedergutmachen und bleib zum Abendessen, ja? Es gibt Enchilladas mit Salat, das magst du doch?«

Sie legte Emily einen Arm um die Schultern und führte sie in die Küche.

Emily bot an, beim Kochen zu helfen, aber Carmen Martinez lachte nur, drückte sie auf einen Stuhl und begann, in atemberaubender Geschwindigkeit das Essen zuzubereiten. Bei ihr sah das wie ein Kampf aus einem asiatischen Film aus – nur, dass ihr Gegner nicht irgendein Bösewicht war, sondern aus Gemüse und Pfannen bestand. Johns Mutter schnitt und hackte so schnell, dass ihre Hände vor Emilys Augen verschwammen. Dann sprang sie wie eine Feder hoch, kickte mit einem Bein eine Pfanne von ihrem Haken oben an der Wand, drehte sich im Fliegen einmal um die eigene Achse, schnappte sich die Pfeffermühle, und noch bevor ihre Füße wieder den Boden berührten, hatte sie Pfeffer auf drei Pfännchen gestreut.

Und dazu redete sie auch noch ununterbrochen. Zuerst schwärmte sie davon, dass John mittlerweile schon fast ebenso gut Karate, Taekwondo und Jiu-Jitsu konnte wie sie selbst – »in letzter Zeit hätte er mich zweimal sogar beinahe besiegt!« –, dann ließ sie sich über das Enchillada-Rezept aus, das in ihrer Familie seit Generationen weitergegeben wurde.

Als Johns Mom ihren Redeschwall kurz unterbrechen musste, um Koriander aus dem Garten zu holen, rief Emily ihre Mom an, um ihr zu sagen, dass sie zum Abendessen bei den Martinez eingeladen war.

»Dann viel Spaß, Schatz«, sagte Mom, »und diesen John muss ich unbedingt bald kennenlernen!«

Mit hochrotem Kopf klappte Emily ihr Handy zu.

»Äh … wann kommt Taylor eigentlich?«, fragte sie John. Sie hatten bisher noch kein Wort gewechselt, weil seine Mom unentwegt geredet hatte.

»Taylor war in ihrem Zimmer und wollte auf keinen Fall gestört werden«, sagte er. »Aber ihre Mutter hat uns zu der Überraschungsparty eingeladen, die sie am Samstag zu Taylors Geburtstag gibt.«

»Ich wusste gar nicht, dass sie Geburtstag hat«, murmelte Emily.

John zuckte die Achseln.

Warum hatte Taylor nichts von ihrem Geburtstag erzählt? Emily redete immer schon Wochen vorher über die Geschenke, die sie sich wünschte, und über die Pecannuss-Apfel-Torte, die ihr Dad backte … Freute Taylor sich nicht auf ihren Geburtstag? Sie hatte ihn nicht mal erwähnt. Genau genommen erzählte sie überhaupt kaum noch etwas, sondern starrte immer nur auf ihr Smartphone oder verzog sich in ihr Zimmer. Irgendetwas stimmte da nicht …

Johns Mutter kam mit einem dicken Bund Koriander herein. »So, das wär's«, sagte sie fröhlich und zerhackte den Koriander so schnell, dass Emily lieber wegsah. »John, sag bitte deinem Vater Bescheid, dass wir essen können.«

John verzog das Gesicht, als hätte sie Regenwürmer zum Abendessen angekündigt. Widerwillig machte er sich auf den Weg in den Keller. Emily schüttelte den Kopf. Nicht genug, dass Taylor sich seltsam verhielt, jetzt war auch John mit einem Mal so komisch …

Emily bot Mrs Martinez an, den Tisch zu decken. Nach mehreren rasanten Sprüngen und zwei Saltos, bei denen Emily sich gerade noch rechtzeitig ducken konnte, standen Geschirr und Besteck auf dem Teewagen. Emily beeilte sich, den Teewagen in den Flur zu rollen, und schloss die Küchentür hinter sich.

Emily war mit dem Tischdecken im Esszimmer fertig, bevor irgendjemand von der Familie Martinez erschien. Ob wohl jemand etwas dagegen hatte, wenn sie sich ein wenig umsah? Bestimmt nicht!

Da war zum Beispiel dieser düstere Wandbehang, der eine Seite des Esszimmers fast vollständig bedeckte. Emily ging näher heran, bis sie Einzelheiten darauf erkennen konnte. Dunkelgrüner Dschungel, hier und da war ein bunter Papagei im Pflanzenwirrwarr zu erkennen, an einer Stelle lugte ein Jaguar durch die Blätter …

»… für den Rest deines Lebens sauer auf mich sein?«

Die Männerstimme klang gedämpft. Das musste Johns Vater sein. Aber wo war er? Emily ging hinaus in den Flur. Jetzt war die Stimme schon deutlicher zu hören.

»… kann ich nicht mehr ändern, so leid es mir tut. Aber mit Hubert habe ich nichts mehr zu tun. Und was die Tiere angeht …«

Emily stand nun vor der angelehnten Kellertür. Ging es um Hubert Williams? Wusste Johns Vater etwa etwas über Slinky, oder von welchen Tieren sprach er?

»Aber du arbeitest für James Miller!« Johns Stimme war so laut, dass Emily zurückwich. Doch ihre Neugier war größer, und so schlich sie wieder ganz nah an die Tür heran.

»… seine ekelhaften Hetzjagden!«, rief John gerade.

Mr Martinez arbeitete also für James Miller, den Mann mit der Kaugummisammlung. Aber warum regte John sich so darüber auf?

»John, ich bin nun mal Biochemiker«, sagte Johns Vater jetzt. »Meine Arbeit macht mir Spaß. Kannst du nicht versuchen …«

»Nicht, wenn es um meine Freunde geht!«, unterbrach John ihn. »Miller hat Emily heute stundenlang verhört, weil ihr Mayonnaise auf den Schulhof getropft ist. Das ist einfach … ekelhaft!«

Emily war froh, dass John diesmal nicht sehen konnte, wie sie rot wurde. Er regte sich wegen ihr so auf! Und er hatte gesagt, dass sie Freunde seien …

Da polterte etwas, und schnelle Schritte kamen die Treppe hoch. Emily lief ins Esszimmer und zog die Tür hinter sich zu.

Die Enchilladas waren großartig, was man von der Stimmung am Tisch nicht behaupten konnte. Mrs Martinez redete zwar immer noch viel – über den Sportunterricht, den sie in der Schule gab, über verschiedene Koriandersorten und vieles mehr –, aber jedes Mal, wenn sie versuchte, John oder seinen Vater ins Gespräch einzubeziehen, erntete sie nichts als mürrisches Schweigen.

Auch Emily sagte nichts, aber bei ihr lag das daran, dass langsam eine Idee in ihrem Kopf Gestalt annahm. Schließlich wandte sie sich an Johns Vater, lächelte ihr strahlendstes Lächeln und sagte mit zuckersüßer Stimme:

»Mr Martinez, John hat mir erzählt, dass Sie sich mit DNA-Analysen auskennen.« Mr Martinez sah mindestens so erstaunt aus wie sein Sohn, aber Emily ließ sich nicht beirren. »Was ich wirklich furchtbar gern wissen würde: So eine DNA-Analyse, wie funktioniert die eigentlich?«

John ließ sein Besteck fallen und stand auf. »Ich gehe auf mein Zimmer«, sagte er.

Mrs Martinez entschuldigte sich für ihren Sohn, und Emily fühlte sich ziemlich schlecht, weil es ihre Schuld war, dass John sauer war. Aber sie hatte hier eine einmalige Chance, entscheidende Informationen über den Mann im Wald zu bekommen. Die durfte sie nicht verpassen. Darum riss sie sich zusammen und lächelte, als wäre nichts passiert.

»Also, Mr Martinez, wenn Sie so eine DNA-Analyse machen …«

MÄNNER MIT GEHEIMNISSEN

Fünf Dinge, die man mit einer Sonnenbrille machen kann

1. sich vor grellen Verhörlampen schützen
2. unbemerkt im Unterricht schlafen
3. so tun, als wäre man berühmt
4. sich als Secret-Service-Agent ausgeben
5. inkognito angeln gehen

Es wurde schon dunkel, als Emily nach Hause kam.

Johns Vater hatte ihr alles über DNA-Analysen erzählt, was sie wissen wollte. Er hatte sogar zugestimmt, dass sie selbst in seinem Labor eine Analyse durchführen dürfe – was vermutlich an seinem schlechten Gewissen lag. Jetzt musste Emily nur noch mit Taylor sprechen und natürlich John aufklären …

Aber das hatte alles Zeit bis morgen. Schnell duschen, und dann ins Bett! Sie konnte die Augen kaum noch offen halten, und morgen musste sie schon eine Stunde vor Schulbeginn den Schulhof fegen …

Als sie die Haustür aufschloss, standen Mom und Dad im

Flur. Dad trug seinen schwarzen Anzug mit einem strahlend weißen Hemd und seiner violetten Lieblingskrawatte, Mom hatte ihr meergrünes Kleid mit der Perlenstickerei angezogen. Und Emily fiel schlagartig wieder ein, dass Dad ihnen heute Abend seine Überraschung vorführen wollte.

Eine halbe Stunde später saßen Mom und Emily an einem Ort, der für Kinder eigentlich strengstens verboten war.

Der magere Türsteher hatte Emily zunächst auch gar nicht ins »CIA« hineinlassen wollen. Aber Freddy, dem die Bar gehörte, kam persönlich an die Tür und kümmerte sich darum. Emily konnte sein Gesicht nicht sehen, weil eine riesige schwarze Sonnenbrille es zum großen Teil verdeckte. Aber seine Stimme klang streng, als er zu dem Türsteher sagte: »Das ist Emily, die Tochter der Browns, und sie hat jederzeit Zutritt zum ›CIA‹.«

Der Türsteher nickte mit zusammengepressten Lippen.

Drinnen war es ganz anders, als Emily sich eine Bar bisher vorgestellt hatte. Zwar standen überall kleine, runde Tische mit roten Tischdecken, an denen elegant gekleidete Frauen und Männer ihre bunten Cocktails tranken. Aber statt schummriger Beleuchtung gab es grelle Scheinwerfer, die jeden Winkel ausleuchteten. Und statt Musik hörte man nur das Klirren von Gläsern, das Gemurmel vieler Stimmen und die eiligen Schritte der Kellner.

Freddy führte sie zum besten Tisch in der Bar. Er stand direkt vor der Bühne, die durch einen schwarzen Samtvorhang vom Rest des Raumes getrennt war. Mom und Emily setzten sich, aber Dad entschuldigte sich und verschwand.

Während sie auf ihre Getränke warteten, fielen Emily die großformatigen Fotos an den Wänden auf. Sie zeigten verschiedene Präsidenten, und im Hintergrund war immer Freddy mit seiner Sonnenbrille zu sehen.

»Maggie Brown!«

Emily duckte sich, als Susan Black auf sie zurannte, aber die Schulleiterin hatte sowieso nur Augen für Mom. Sie ergriff ihre Hand und hörte gar nicht mehr auf, sie zu schütteln.

Mom lächelte. »Schön, dich zu sehen, Susan.«

Erst jetzt bemerkte Ms Black Emily.

»Ah, Emily …«, sagte sie stirnrunzelnd.

»Sie ist nur ausnahmsweise hier«, sagte Mom schnell. »Donald hat eine Überraschung für uns.«

»Na, dann wünsche ich euch viel Spaß.« Ms Black sah aus, als wollte sie noch etwas sagen, aber sie überlegte es sich anders und ging zu ihrem Tisch zurück, an dem der Sheriff in einer für seine Verhältnisse ziemlich eleganten weißen Latzhose saß und an einem schreiend grünen Cocktail nippte. Er winkte Emily zu, und sie bekam ein schlechtes Gewissen. Sie konnten ihm nicht mehr lange vorenthalten, was sie über den Mann im Wald wussten …

»Meine Güte«, sagte Mom. »Ich wünschte, es wäre nicht ganz so hell hier. Ich fühle mich wie auf dem Präsentierteller!«

»Tja, wenn man so berühmt ist …«, sagte Emily grinsend.

Mom stöhnte. »Wozu hat Freddy bloß all diese Scheinwerfer aufgehängt?«

»Ich glaube, er war früher beim Secret Service.« Emily deutete auf die Fotos an der Wand. »Vielleicht hat er sich da so an seine Sonnenbrille gewöhnt, dass er sie nicht mehr ausziehen will.«

»Ebenso klug wie ihre Mutter.«

Freddy, der aus dem Nichts an ihrem Tisch aufgetaucht war, stellte Emilys Eistee ab, beugte sich vertraulich vor und flüsterte:

»Ich verrate dir jetzt ein Geheimnis, aber sag's nicht weiter: Außer meiner Familie hat mich noch nie jemand ohne Sonnenbrille gesehen. – Ist auch besser so.« Er lächelte, was Emily nur an den hochgezogenen Mundwinkeln erkennen konnte. »Wenn jeder wüsste, wie ich aussehe, könnte ich ja nie mehr inkognito angeln gehen.«

Dem Mann im Wald war es bisher auch gelungen, inkognito zu bleiben. Aber nach der DNA-Analyse morgen würden sie hoffentlich mehr wissen.

Ob er sehr einsam war, so allein im Wald?

»Da!«, rief Mom aufgeregt.

Emily blickte hoch und ihre trüben Gedanken verschwanden. Der schwarze Vorhang hob sich, und auf der kleinen erhöhten Bühne des »CIA« sah man nun – Dad! Freddy stand mit einem Mikrofon neben ihm und hatte einen Arm um Dads Schulter gelegt.

»Liebe Freunde, ich freue mich, euch heute jemanden vorzustellen, von dem ihr alle schon gehört habt: den legendären Donald Brown!«

Applaus brandete auf, einige Leute pfiffen. Dad lächelte und zupfte verlegen an seiner Krawatte.

»Ihr wisst alle«, fuhr Freddy fort, »was Donald in der Vergangenheit geleistet hat. Ich sage nur: Bajanchongor!«

Wieder klatschten alle.

»Aber was kaum jemand weiß«, sagte Freddy, »Donald war nicht nur ein Topagent – er ist auch ein begnadeter Pianist. Ab heute wird er uns jeden Abend hier im ›CIA‹ mit Kostproben seines Könnens erfreuen. Also los, Donald, hau in die Tasten!«

Als Emily um elf Uhr endlich im Bett lag, hörte sie in ihrem Kopf immer noch die Jazzmelodien, die Dad im »CIA« gespielt hatte. Sie vergewisserte sich, dass ihre brasilianische Stofffledermaus Juanita neben ihrem Kissen saß, und kuschelte sich in ihre Decke.

In Undercover City hat offenbar jeder ein Geheimnis, dachte sie schläfrig. Dad, Freddy, Taylor und natürlich der Mann im Wald. Der war ein einziges Geheimnis. Aber wenigstens wussten sie jetzt, dass er irgendwie mit Hubert Williams verwandt war. Und seine restlichen Geheimnisse würden sie auch noch aufdecken. Morgen …

TRAURIGE GESTALTEN

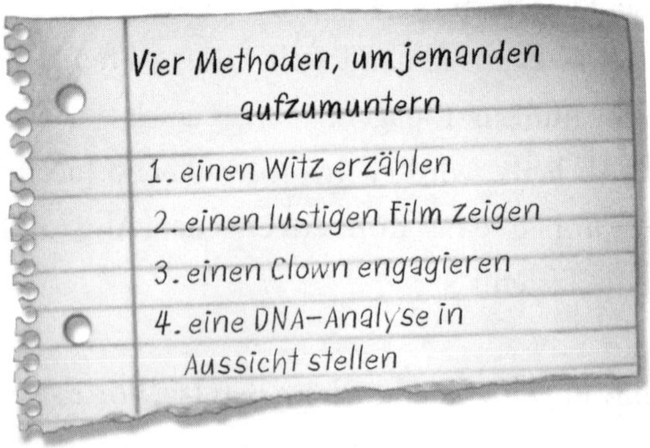

Am nächsten Tag bekam Emily kaum die Augen auf. Aber sie fand sich trotzdem in aller Frühe vor der Schule ein und fegte eine geschlagene Stunde lang unter dem strengen Blick von James Miller den Schulhof. Dabei war da überhaupt nichts zu fegen, denn außer ihr kannte ja jeder die Schulordnung, und aus Angst vor Mr Miller hielten sich auch alle daran.

Erst als der Unterricht längst begonnen hatte, fiel Emily auf, dass Taylor nicht da war. Und sie kam auch später nicht mehr. Nach Schulschluss – wegen eines Lehrerausflugs dauerte der Unterricht heute nur zwei Stunden – versuchte Emily, sie anzurufen, aber Taylor ging nicht an ihr Handy.

»Dann gehen wir eben ohne sie zu Hubert Williams«, grummelte John und stieg auf sein Rad.

Hoffentlich besserte sich seine Laune noch – sonst konnte Emily den Plan vergessen, den sie gestern bei den Martinez ausgeheckt hatte. Schnell radelte sie hinter ihm her, in Richtung der Gärtnerei.

Nachdem sie die ohrenbetäubende Klingel betätigt hatten, öffnete ihnen der Genetiker die Tür einen kleinen Spalt weit.

»Ah, John. Und du bist Emily, die Tochter von Maggie und Donald Brown, nicht wahr?«, sagte er mit monotoner Stimme. »Tut mir leid, das mit Slinky. Ich hoffe, es geht dir gut.«

Er wartete ihre Antwort gar nicht erst ab, sondern wollte die Tür wieder schließen. Aber John war schneller und stellte seinen Fuß in den Türspalt.

Williams drückte gegen die Tür, doch John hielt stand.

»Lasst mich in Ruhe!«, rief Williams.

Emily wäre am liebsten gegangen, aber Williams war der Einzige, der ihnen helfen konnte. Darum hielt sie ihr Handy mit dem Foto des Unsichtbaren auf dem Display in den Türspalt und fragte:

»Mr Williams, ist das Ihr Sohn?«

Hubert Williams erstarrte. Er wischte sich über die Augen, als wollte er eine Halluzination vertreiben. Dann schrie er entsetzt: »Nein! Das kann nicht sein!«, und warf sich so heftig gegen die Tür, dass John seinen Fuß mit einem Schmerzensschrei zurückzog.

Die Tür knallte zu, sie hörten, wie ein Riegel vorgelegt wurde, dann drehte sich ein Schlüssel im Schloss.

John hockte sich hin und zog seinen Schuh aus.

»Tut's sehr weh?«, fragte Emily.

»Ist auszuhalten.«

Es knatterte laut, als Hubert Williams die Rollläden herunterließ. Offenbar verrammelte er das Haus, damit ihn niemand mehr belästigte. Oder …

»Was meinst du, hat ihm das Bild Angst gemacht?«, überlegte Emily laut.

»Kann sein.«

»Aber warum? Ob er Angst vor seinem eigenen Sohn hat?«

»Keine Ahnung.«

John hatte seinen Schuh wieder angezogen und sah zu Boden, die Hände in den Hosentaschen.

»Sag mal, kann es sein, dass du sauer auf mich bist?«, fragte Emily.

Er schwieg.

Das kann ich auch, dachte Emily. Sie verschränkte die Arme und wartete.

John blickte immer noch auf den Boden, als er schließlich sagte:

»Na ja, eigentlich dachte ich, du wärst sauer auf mich. Wegen meines Vaters.«

Es dauerte eine Weile, bis Emily verstand.

»Weil er die DNA-Analyse von dem Mayonnaiseklecks gemacht hat?« Sie lachte. »Dafür kannst *du* doch nichts!«

John sah sie stirnrunzelnd an. »Woher weißt du denn, dass er das war?!«

»Äh, na ja …« Emily war drauf und dran, zu behaupten, sie hätte sich das irgendwie zusammengereimt. Aber sie wollte John nicht belügen. Sie waren doch Freunde. Das hatte er seinem Vater zumindest gesagt.

»Also, als du mit deinem Vater im Keller warst, da hab ich ein bisschen was gehört …«

John schnaubte. »Dann weißt du ja von den Tierversuchen und so.«

»Tierversuche?«, fragte Emily erschüttert. »Dein Vater macht Tierversuche?«

Johns Haarsträhne verdeckte seinen Gesichtsausdruck, als er sagte:

»Jetzt nicht mehr. Aber früher hat er das getan. Und das werde ich ihm nie verzeihen.«

Dazu fiel Emily keine Antwort ein.

»Ich bin jedenfalls nicht böse auf deinen Vater wegen der Mayonnaise«, sagte sie schließlich. »Das ist eben sein Job.«

John grummelte vor sich hin.

»Tatsächlich kann er uns sogar helfen«, fuhr Emily fort. »Er hat mir nämlich versprochen, mit mir zusammen eine DNA-Analyse zu machen.«

John sah sie mit zusammengekniffenen Augen an.

»Okay«, sagte er langsam.

Emily konnte fast hören, wie die Gedanken in seinem Kopf umherschossen. Und natürlich kam er blitzschnell darauf, was sie vorhatte.

»Dann lass uns zu Taylor gehen und den Metallfinger holen«, sagte er, und zum ersten Mal seit einer Ewigkeit sah Emily ein winziges Lächeln auf seinem Gesicht.

Taylors Mutter öffnete die Tür, und Emily fühlte sich gleich an Hubert Williams erinnert: Dr. Parker sah genauso traurig aus wie er. Aber im Gegensatz zu dem Genetiker schien Taylors Mutter froh zu sein, Emily und John zu sehen. Kaum hatte sie die Tür hinter ihnen geschlossen, brach es aus ihr heraus:

»Vielleicht könnt ihr ja zu Taylor durchdringen. Sie sitzt nur noch in ihrem Zimmer, vor diesen verdammten Bildschirmen, und will niemanden sehen, nicht mal mich. Ich weiß nicht mehr, was ich noch tun soll!«

»Wir sprechen mal mit ihr«, sagte Emily, obwohl sie keine Ahnung hatte, was sie Taylor sagen sollte. Sie schaute zu John hinüber. Er nickte.

»Danke.« Taylors Mutter kämpfte mit den Tränen. »Ich bin so froh, dass sie Freunde wie euch hat.« Sie schüttelte den Kopf. »Und ich dachte, das Schlimmste hätten wir überstanden«, sagte sie wie zu sich selbst. »Ich meine, wir sind inzwischen fast ein Jahr hier …«

Fast ein Jahr … Dann waren sie kurz nach Taylors letztem Geburtstag hierhergezogen.

»Was ist denn damals passiert?«, fragte Emily.

Dr. Parker sah sie erstaunt an. »Nichts. Ich habe dieses Haus gekauft, und wir sind hergezogen. Natürlich war es am Anfang nicht leicht für uns. Die neue Umgebung, fremde Menschen … Aber Taylor hat sich schnell eingelebt. Nach ein paar Wochen hat sie nicht mal mehr von ihrem Vater gesprochen. Er hat sich ja auch nie wieder bei uns gemeldet.«

»O Mann«, sagte John, etwa eine Sekunde bevor Emily es auch begriff.

Sie zögerten kurz vor dem Display an Taylors Tür: »Taylors Labor – Zutritt verboten!«, dann gingen sie hinein.

»Haut ab.« Taylors Stimme klang matt. Sie starrte auf die Monitore auf ihrem Schreibtisch und kaute dabei an ihrem Daumennagel.

Emily und John stellten sich hinter sie, um herauszufinden, was sie sich ansah. Aber genau wie beim letzten Mal war auf den Monitoren so gut wie nichts zu sehen. Nur der Wald, einige Tiere und hin und wieder eine von Jacks Tauben, außerdem die einzige Straße, die in die Stadt führte, die zurzeit aber völlig verwaist war.

»Was machst du denn da?«, fragte Emily sanft.

Taylor antwortete nicht, aber John sah plötzlich aufgeregt zwischen den Bildschirmen hin und her.

»Sie beobachtet die Grenzen von Undercover City!«

»Aber warum?«, wollte Emily von Taylor wissen.

Taylor schnaubte. »Frag doch Mr Schlaumeier hier!«

»Ich denke, du wartest auf etwas«, sagte John langsam. »Oder auf jemanden.«

Das war es!

»Du wartest auf deinen Dad?«, fragte Emily vorsichtig.

Eigentlich hatte sie erwartet, dass Taylor schreien und toben würde. Aber sie starrte nur weiter regungslos auf die Monitore.

»Übermorgen habe ich Geburtstag«, flüsterte sie. »Meinen Geburtstag hat er noch nie vergessen.«

John legte Taylor eine Hand auf die Schulter. Sie schniefte.

»Aber er hat sich nicht ein einziges Mal gemeldet, seit wir hier sind. Dabei weiß er genau, wo Undercover City liegt, weil er doch zuerst mitkommen wollte, bevor Mom und er …« Ihre Schultern zuckten, und dann brach Taylor in Tränen aus.

Emily hätte sie so gern getröstet. Aber wegen des dicken Kloßes in ihrem Hals konnte sie nichts sagen, und so zog sie Taylor aus ihrem Stuhl hoch und nahm sie in die Arme. Halb erwartete sie, dass Taylor sie wegstieß. Sie gehörte ja nicht gerade zu den Menschen, die ihre Gefühle offen zeigten. Emily und John hatten nichts von ihrer Verzweiflung geahnt, und nicht einmal Taylors Mutter hatte mitbekommen, wie schlecht es ihrer Tochter ging. Aber Taylor wehrte sich nicht, lehnte sich im Gegenteil an Emilys Schulter und ließ sich von ihr über die Haarstacheln streichen, die viel weicher waren, als sie aussahen.

So standen sie eine ganze Weile, bis Taylors Schluchzen irgendwann verebbte. Sie zog die Nase hoch und wischte sich die Tränen ab.

»Entweder meldet er sich übermorgen oder nicht«, sagte sie forsch.

»Genau«, sagte Emily. »Jedenfalls bringt es nichts, wenn du weiter hier rumsitzt und auf die Monitore starrst.«

John nickte. »Außerdem brauchen wir deine Hilfe. Wir sind nämlich kurz davor, das Geheimnis des Mannes im Wald zu lüften.«

Für einen Moment dachte Emily, Taylor würde wieder anfangen zu weinen. Ihre Lippen zitterten, und sie sah überhaupt nicht wie das toughe Computergenie aus, das alles im Griff hatte, sondern einfach nur wie ein trauriges Kind. Aber dann atmete sie tief durch, ihre Schultern strafften sich, und sie brachte sogar ein Lächeln zustande.

»Klar, ohne mich schafft ihr das nie«, sagte sie und stand auf. »Also, was habt ihr herausgefunden?«

DIE DNA LÜGT NICHT

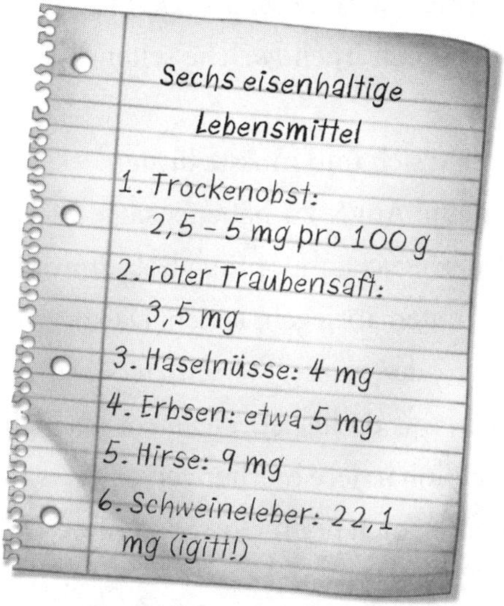

Emily schlang den Kirschauflauf mit jeder Menge Haselnüssen (wegen des Eisens, hatte Mom gesagt) und Kakao hinunter, während Mom von ihrer Arbeit als Reporterin berichtete.

Emily hörte nur mit halbem Ohr zu. John, Taylor und sie waren zwar erst um eins mit Mr Martinez verabredet, aber sie musste vorher noch etwas erledigen. Sie hatte versprochen, eine DNA-Probe von Hubert Williams zu besorgen. John und Taylor hatten keine Zeit dazu: Taylors Mutter hatte ihre Tochter dazu verdonnert, die Hausaufgaben der letzten Tage nachzuholen, und John wollte das Karate-Training mit seiner Mutter nicht schwänzen.

»… irgendetwas Gefährliches im Wald«, sagte Mom. »Es hat vor einigen Tagen Jack O'Malleys Hund angegriffen, und jetzt sind auch noch irgendwelche seltenen Vögel verschwunden.«

Emily verschluckte sich und musste husten.

»Du brauchst keine Angst zu haben«, sagte Mom, während sie ihr auf den Rücken klopfte. »Bob Smith hat den Wald von seinen Leuten abriegeln lassen. Da kommt nichts und niemand rein oder raus.« Sie seufzte. »Dabei würde ich zu gern wissen, was da los ist. Vielleicht hat sich ja ein Puma durch die Holobarriere hierher verirrt. Es wäre doch ein toller Einstieg für mich beim ›Top Secret‹, wenn ich das Geheimnis lüften könnte!«

Emily verschluckte sich gleich noch einmal, und Mom beeilte sich, ihr zu versichern, dass sie ganz bestimmt nicht in den Wald gehen würde, bevor der Sheriff Entwarnung gab. Auch wenn es noch so verlockend war.

»Aber heute Nacht rückt Bob mit all seinen Leuten aus. Und sobald sie den Schuldigen gefunden haben, bin ich als Erste da und interviewe ihn«, sagte Mom entschlossen.

Diesmal war es eine besonders große Kirsche, die Emily in den falschen Hals geriet.

»Meine Güte, was ist denn heute mit dir los?«, rief Mom und schlug ihr so fest auf den Rücken, dass die Kirsche aus Emilys Hals schoss wie eine Patrone aus einem Gewehr.

Nachdem sie einen Abstecher zu Hubert Williams' Haus gemacht hatte, radelte Emily, so schnell sie konnte, zum Haus der Familie Martinez.

Nach dem Gespräch mit ihrer Mutter hatte sie Taylor und John gleich angerufen. Sie durften keine Zeit mehr verlieren, wenn sie herausfinden wollten, wer der Unsichtbare war, bevor der Sheriff ihn fand! Wenn sie seine Identität erst mal kannten, fiel ihnen vielleicht eine Lösung für sein Problem ein. Und wenn nicht, würden sie ihn wenigstens vor den Leuten des Sheriffs warnen, damit er fliehen konnte. Denn ewig konnte er sich nicht vor ihnen verstecken: Die schnelle Bewegung verbrauchte garantiert viel Energie, und schlafen musste er ja auch mal.

Im schlimmsten Fall würde Bob Smith ihn gefangen nehmen. Dann führte kein Weg mehr daran vorbei, dass sie dem Sheriff beichteten, was sie wussten. Und je mehr sie wussten, desto eher konnten sie ihm klarmachen, dass der Mann im Wald nicht gefährlich war. Vielleicht war der Sheriff dann auch so beeindruckt, dass er sie nicht einsperrte …

Das war nur eine winzige Hoffnung, aber Emily klammerte sich daran. Denn wenn schon ein weggeworfenes Kaugummi in Undercover City als Verbrechen verfolgt wurde – welche Strafe mochte da erst auf das Verschweigen entscheidender Informationen stehen?

Emily und Taylor kamen gleichzeitig beim Haus der Martinez an.

»Hast du es?«, fragte Taylor und klingelte.

Emily schwenkte den Plastikbeutel mit dem Arbeitshandschuh, den sie an einem Ast im Garten von Hubert Williams gefunden hatte.

Die Tür ging auf.

»Nach dir«, sagte Emily, die keine Lust auf einen neuen Kampf mit Carmen Martinez hatte. Aber es war John, der sie drinnen erwartete.

»Dad ist schon im Labor«, sagte er mit düsterer Miene und ging vor.

Inmitten von Metalltischen voller Computerbildschirme, topfartiger Geräte und gelber Plastikständer mit unzähligen Glasröhrchen darin stand Mr Martinez, über ein meterhohes Mikroskop gebeugt. Als er sie bemerkte, richtete er sich auf und strahlte.

»Ah, da sind ja meine Lehrlinge! Dann kommt mal hier rüber.«

Taylor stürzte sich sofort auf das Mikroskop und verwickelte Mr Martinez in ein Fachgespräch. Nachdem Emily minutenlang Wörter wie »sequenzverifiziertes Verfahren« und »exogen induzierte DNA-Dysfunktion« um die Ohren geflogen waren, legte sie den Arbeitshandschuh von Hubert Williams auf den Tisch und sagte energisch:

»Taylor, hast du den … das Metallding?«

»Ja, klar.« Taylor zog den Beutel mit dem Metallfinger und dem Stofffetzen, die sie am Lagerfeuer im Wald gefunden hatten, aus einer Tasche ihrer knatschgrünen Jeans.

»Dann sollten wir endlich anfangen«, ließ sich John aus dem Hintergrund vernehmen.

Mr Martinez nahm Taylor den Beutel aus der Hand und fischte mit einer Pinzette das Stoffstück heraus. Emily wollte ihm sagen, dass es der Metallfinger war, den sie untersuchen wollten, doch da stellte Mr Martinez zufrieden fest:

»Ah, sehr gut, in der Haut sollten wir DNA-Spuren finden können. Von wem stammt sie denn?«

Emily, Taylor und John sahen sich verblüfft an. Keiner von ihnen war darauf gekommen, dass es kein Stoff, sondern ein Stück Haut war, das sie gefunden hatten!

»Äh … von einem … von meinem Onkel«, sagte Emily. »Und die andere Probe …« Sie zermarterte sich den Kopf, aber John rettete sie:

»Von wem die andere Probe ist, das verraten wir noch nicht«, sagte er. »Vielleicht findest du es selbst heraus.«

»Ein Rätsel!«, sagte Mr Martinez. »Da bin ich aber gespannt.«

Und dann ging es los. Die Haut wurde zerkleinert, zentrifugiert, erhitzt, die herausgelöste DNA mit verschiedenen Flüssigkeiten versetzt, vervielfältigt, mit einer molekularen Schere zerteilt, die Moleküle wurden unter Strom gesetzt und mit einem Gel sichtbar gemacht. Dasselbe geschah mit den Hautschuppen aus dem Arbeitshandschuh.

Emily brummte schon bald der Kopf. Aber sie konnte Mr Martinez ja schlecht sagen, dass es ihr nur um das Ergebnis des DNA-Vergleichs ging, damit sie Hubert Williams damit konfrontieren konnten. Nur gut, dass Taylor so begeistert bei der Sache war, dass Emilys mangelndes Interesse an PCR und Gel-Elektrophorese und all diesen Sachen nicht weiter auffiel.

Nach einer guten Stunde war es endlich geschafft.

»Na, dann wollen wir doch mal sehen.« Mr Martinez

drückte auf die Computertastatur, und ein Bild aus unterschiedlich langen Balken erschien. Daneben baute sich ein zweites Bild auf. Für Emily sahen sie gleich aus. Aber auch bei eng verwandten Menschen gab es Unterschiede, das wusste sie. Wahrscheinlich konnte die nur ein Experte erkennen.

»Und, würden Sie sagen, dass die Männer, von denen die Proben stammen, verwandt sind?«, fragte sie.

Mr Martinez schmunzelte. »Ah, du willst mich auf die Probe stellen, ja? Na gut, kein Problem. Das Ergebnis ist ja recht eindeutig. Beide Proben stammen mit fast hundertprozentiger Wahrscheinlichkeit von ein und derselben Person.« Er zwinkerte Emily zu. »Stimmt's oder hab ich recht?«

HUBERT WILLIAMS' GESTÄNDNIS

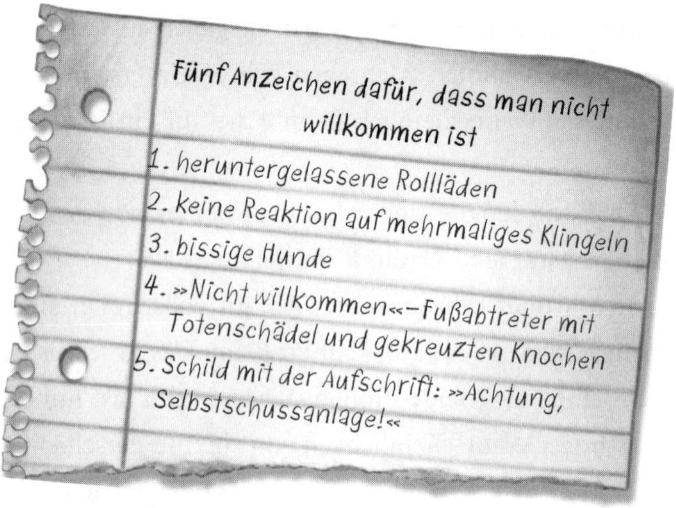

»Mir fällt dazu allmählich echt nichts mehr ein«, sagte Taylor.

Sie waren mit den Rädern auf dem Weg zu Hubert Williams' Haus und versuchten, alles, was sie herausgefunden hatten, unter einen Hut zu bringen. Es ergab einfach keinen Sinn: Die DNA der beiden Männer war identisch, und der Mann im Wald sah auch genauso aus wie Hubert Williams – aber vor fast dreißig Jahren. Sein Sohn konnte er dennoch nicht sein, denn dann hätte es Unterschiede in der DNA gegeben.

»Vielleicht waren die Proben identisch, weil sie gar nicht von verschiedenen Menschen stammen, sondern von ein und derselben Person«, überlegte Taylor laut. »Das würde bedeuten, dass der Unsichtbare bei Hubert Williams im Garten war und dort diesen Handschuh verloren hat. Als wir Williams das Foto gezeigt haben, hatte er doch Angst. Vielleicht zu Recht.«

Dieser Gedanke gefiel Emily gar nicht. Sie wollte einfach nicht glauben, dass der Mann, der sie vor den Kojoten gerettet und ihr eine Orchidee geschenkt hatte, Hubert Williams etwas antun wollte.

»Oder der Hautfetzen im Wald gehört Hubert Williams«, sagte sie. »Er muss ja nicht von dem Unsichtbaren stammen, nur weil wir ihn bei seinem Finger gefunden haben.«

»Möglich wäre beides«, sagte John nachdenklich. »Aber es gibt noch eine dritte Möglichkeit.«

»Jetzt sag schon!«, rief Taylor ungeduldig.

John umkurvte mit seinem Rad einen Hund, der wütend einen Nopee am Straßenrand anbellte, und sagte: »Ein Klon.«

Emily hätte beinahe eine Frau mit Kinderwagen angefahren. Natürlich! Das musste es sein! Alles passte zusammen: Die DNA der beiden Männer war identisch, trotz des großen Altersunterschieds. Und Hubert Williams hatte früher für den Geheimdienst als Genetiker gearbeitet.

»Okay«, sagte Taylor da. »Aber das erklärt noch nicht, warum er sich so schnell bewegen kann.«

»Genoptimierung«, sagten John und Emily gleichzeitig.

»O nein«, stöhnte Taylor. »Jetzt reden sie schon beide in Rätseln!«

Inzwischen hatten sie den »Secret Garden« erreicht. Sie stellten ihre Räder ab, und Emily und John machten sich einen Spaß daraus, Taylor zur Verzweiflung zu bringen.

»Widerstandsfähige Pflanzen« – »Kinder nach Maß« – »erhöhter IQ« – »Wehrhafte Gehölze« – »Superman« …

»Schon gut, ich hab's kapiert!«, rief Taylor. »Ihr meint also, der Unsichtbare ist ein Klon von Hubert Williams, den man irgendwie genoptimiert hat, damit er so schnell wird?«

»Genau«, sagten Emily und John wieder gleichzeitig und lachten, während Taylor den Kopf schüttelte.

Doch dann wurden sie alle schlagartig ernst. Da vorn lag Williams' Haus, und dort warteten die Antworten auf all ihre Fragen. Aber so, wie Williams sich bei ihrem letzten Besuch verhalten hatte, würde es schwierig werden, die Antworten zu bekommen. Was sollten sie tun, wenn er sich wieder weigerte, mit ihnen zu reden?

Während sie geduckt auf das Haus zuschlichen, damit Hubert Williams sie nicht schon von Weitem entdeckte, schoss Emily ein Gedanke durch den Kopf. Sie konnte jedes Schloss knacken. Das hatte sie sich schon als kleines Kind von Dad abgeguckt, wenn er sich unbeobachtet fühlte. Damals hatte sie das für ein Spiel gehalten – jetzt wusste sie, dass er für seinen Job trainiert hatte.

Emily schüttelte den Kopf. Nein, sie war keine Agentin, und sie war auch keine Einbrecherin. Punkt.

Jetzt hatten sie das Haus erreicht.

Die Rollläden waren noch immer heruntergelassen, niemand war zu hören oder zu sehen. John und Emily stellten sich leise neben der Tür auf: Wenn Williams die beiden Kinder durch den Türspion sah, die ihn schon einmal erschreckt hatten, würde er ganz sicher nicht aufmachen.

»Dann los«, flüsterte Taylor und drückte auf die Klingel.

Es schrillte furchtbar laut durchs Haus, aber sonst tat sich nichts.

Taylor klingelte noch einmal und dann immer wieder, doch im Haus rührte sich nichts. Die Rollläden blieben geschlossen, und obwohl nach und nach alle drei ihr Ohr an die Tür pressten, hörten sie nicht das geringste Geräusch.

»Na gut«, sagte Taylor schließlich. »Er ist offenbar nicht zu Hause.« Dann lächelte sie Emily aufmunternd an. »Dann mal los!«

»Wie meinst du das?«

»Na, wir denken doch alle, dass die Antworten auf unsere Fragen da drin zu finden sind, oder?«, sagte Taylor.

Emily nickte.

»Und dein Dad ist einer der berühmtesten Einbrecher der

Welt«, fuhr Taylor fort. »Da hat er dir ja sicher ein paar Tricks beigebracht, oder?«

»Das kommt überhaupt nicht infrage!«, brauste Emily auf. Sie spürte, dass sie rot anlief. »Der Sheriff hat schon genug Gründe, um uns einzusperren. Ich werde ganz bestimmt nicht auch noch irgendwo einbrechen!«

»Jetzt reg dich doch nicht so auf!«, sagte Taylor. »Was sollen wir denn sonst machen? Einfach aufgeben?«

Emily sah sich hilfesuchend zu John um. Doch der stand nicht mehr neben ihr, sondern vor dem kleinen, vergitterten Toilettenfenster neben der Haustür. Das Fenster war offen. John stellte sich auf die Zehenspitzen und rief laut: »Mr Williams, wir wissen, dass der Mann im Wald Ihr Klon ist! Und wir können Ihnen helfen!«

Emily und Taylor sahen sich erschrocken an. Aber es dauerte nur wenige Sekunden, dann drehte sich tatsächlich ein Schlüssel im Schloss und die Tür öffnete sich einen Spalt.

»Mir kann niemand helfen.« Hubert Williams' Stimme klang so hoffnungslos, dass Emily es kaum ertragen konnte.

»Vielleicht doch«, sagte sie, und als Williams nicht antwortete, drückte sie einfach die Tür auf.

In Hubert Williams' Wohnzimmer sah es genauso trostlos aus, wie Emily vermutet hatte. Darin standen nur eine alte schwarze Couch, ein abgewetztes Tischchen, ein Regal mit Büchern und kleinen Figuren, das schon bessere Zeiten gesehen hatte, und ein Flachbildschirm mit angeschlossenem Computer. Dass die heruntergelassenen Rollläden kaum Licht hereinließen, machte die Sache auch nicht besser.

Er bekommt wohl nicht oft Besuch, dachte Emily bedrückt.

»Setzt euch«, sagte Williams.

Zu Emilys Überraschung übernahm John das Reden.

»Mr Williams«, sagte er, »wir haben Ihren Klon gesehen. Er kann sich unglaublich schnell bewegen, und außerdem haben wir einen Metallfinger gefunden. Ich nehme also an, dass er so was wie ein Cyborg ist.«

»Na, klar!«, platzte Emily heraus. »So wie die Borg in *Star Trek: The Next Generation!*«

Taylor kicherte, aber sie hörte sofort wieder auf, als sie Williams' Gesichtsausdruck sah.

»Wenn ihr das schon alles wisst«, sagte er leise, »was wollt ihr dann noch von mir?«

Emily rutschte auf der Couch zur Seite, bis sie Taylor fast auf dem Schoß saß.

»Setzen Sie sich«, sagte sie sanft. »Und dann erzählen Sie uns von Ihrem Klon. Wir wollen ihm helfen und Ihnen auch, und dafür brauchen wir jede Information, die wir kriegen können. Sie wissen doch sicher, dass der Sheriff heute Nacht Jagd auf ihn machen will?«

Hubert Williams zögerte, aber schließlich ließ er sich neben Emily auf die Couch sinken. Und dann brach es aus ihm heraus, als hätte er nur auf die Gelegenheit gewartet, irgendjemandem endlich die Wahrheit erzählen zu können.

In der folgenden Stunde erfuhren Emily, Taylor und John, dass der Mann im Wald tatsächlich ein Klon von Hubert Williams war. Williams war schon als Student als brillanter Genetiker aufgefallen, dadurch war auch der Geheimdienst auf ihn aufmerksam geworden. Er wurde direkt nach seinem Universitätsabschluss eingestellt, bekam ein eigenes Labor und enorme Summen an Forschungsgeldern. Nach einem halben Jahr teilte man ihm dann mit, wofür man ihn einsetzen wollte: für das Klonen von Menschen. Solche Experimente waren zwar offiziell verboten, aber im Geheimen wurde seit Jahren fieberhaft daran gearbeitet. Das Militär wollte Klone mit modifizierter DNA erschaffen, um Kampfmaschinen aus ihnen zu machen. Soldaten, die ohne Gewissensbisse töteten.

All das wusste Hubert Williams noch nicht, als er mit dem Klonen begann.

»Aber ich hätte es mir denken können«, gab er mit Tränen in den Augen zu. »Ich wollte es wohl einfach nicht wissen. Die unbegrenzten Forschungsmöglichkeiten haben mich blind gemacht für das, was ich da eigentlich tat.«

Die ersten Experimente an Tieren verliefen vielversprechend. Vor allem Slinky war eine Sensation, weil es Williams bei ihm gelungen war, die Länge der Telomere am Ende der Chromosomen stabil zu halten. Das bedeutete, dass Slinky nur sehr langsam alterte.

Und Williams gelang in Rekordzeit, was unzählige Wissenschaftler in den Jahrzehnten zuvor nicht geschafft hatten: einen lebensfähigen Menschen-Klon zu erschaffen. Er war sogar noch erfolgreicher, als seine Auftraggeber es erwartet hatten, denn er schuf nicht nur einen lebensfähigen Klon, sondern verbesserte ihn gleichzeitig noch durch glasfaserverstärkte Knochen und Metallimplantate.

»Wir haben die Metallknochen eines Fingers gefunden, aber ohne Fleisch daran«, sagte Emily. »Darum dachten wir erst, er wäre ein Roboter.«

»Wo habt ihr den Finger denn gefunden?«, wollte Williams wissen.

»In der Asche eines Lagerfeuers.«

Williams nickte. »Er muss sich verletzt haben …«

»Hat er!«, warf Taylor ein. »Beim Holzschnitzen.«

Ein Lächeln huschte über Williams' Gesicht, war aber gleich wieder verschwunden.

»Dann hat er den Finger selbst ins Feuer geworfen, um seine Spuren zu verwischen«, sagte er.

»Klar«, sagte John. »Ein menschlicher Finger mit Metallknochen würde ja viel mehr Fragen aufwerfen als ein Metallding, das nur wie ein Finger aussieht.«

Williams nickte anerkennend und erzählte weiter.

Den ersten Cyborg hatte er auf Basis seiner eigenen DNA geschaffen. Sie nannten ihn Ted, eine Abkürzung für »Terminal Elimination Device«, auf deutsch: »Endgültige Eliminierungsvorrichtung«.

Ted war nicht nur schneller und stärker als ein normaler Mensch, er hatte auch verbesserte Sinne – er konnte so gut hören wie ein Hund, so gut riechen wie ein Hai und so gut sehen wie ein Adler. Und im Gegensatz zu allen vorherigen Klonen war er dank der Erkenntnisse aus dem Experiment mit Slinky extrem langlebig.

Williams' Auftraggeber waren begeistert. Und sie wurden regelrecht euphorisch, als sich herausstellte, dass der geklonte Kämpfer tatsächlich alles tat, was man von ihm verlangte. Ganz gleich, was sie Ted befahlen – einen Berg ohne Seil erklimmen, einen fünffachen Marathon an einem Stück absolvieren, eine Wand mit bloßen Händen niederreißen –, er führte jeden Befehl perfekt aus. Doch als sie ihn nach einigen Wochen aufforderten, einem alten Schimpansen, der als Versuchstier in einem der Nachbarlabore lebte, das Genick zu brechen, erlebten sie eine Überraschung: Ted weigerte sich. Er verkroch sich in seine Zelle und kam erst zwei Tage später wieder heraus. Sie versuchten es erst mit Drohungen, dann mit Versprechungen. Aber Ted widerstand allem.

Hubert Williams hatte inzwischen erkannt, dass alles, was seine Auftraggeber von ihm wollten, die Erschaffung eines Monsters, einer skrupellosen Kampfmaschine war. Darum war er maßlos erleichtert, dass Ted sich wehrte und das Töten rundheraus ablehnte. Schließlich wurde das Experiment als Fehlschlag eingestuft und eingestellt, und Hubert Williams wurde in eine Abteilung strafversetzt, in der er nur noch mit Pflanzen experimentieren durfte.

»Ted war ein guter Mensch«, sagte Hubert Williams mit erstickter Stimme. »Ich habe ihn geliebt wie meinen eigenen Sohn. Als sie mir sagten, er sei terminiert worden, habe ich tagelang geweint. Danach bin ich ausgestiegen und nach Undercover City gegangen.«

»Terminiert?«, flüsterte Taylor.

»Getötet«, erklärte John.

»Wie in ›Terminator‹?«, fragte Taylor.

John nickte.

Emily legte Hubert Williams eine Hand auf den Arm, um ihn zu trösten.

»Aber Ted ist ja gar nicht tot!«, sagte sie. »Er lebt, und er versteckt sich im Wald. Sie brauchen sich keine Vorwürfe mehr zu machen.«

Mit geröteten Augen sah Williams Emily an. »Aber was ist das für ein Leben«, flüsterte er, »so ganz allein im Wald?«

»Sie könnten doch zu ihm gehen«, sagte Taylor, »und vielleicht …«

Williams' verzweifeltes Lachen unterbrach sie.

»Ja denkst du denn, er könnte mir verzeihen, was ich ihm angetan habe?!«, rief er. »Warum ist er wohl hergekommen? Um sich an mir zu rächen!«

Er sprang auf und stieß dabei gegen das Regal. Einige der kleinen Figuren darin fielen um. Er nahm sie in die Hand.

»Hier, diese kleinen Kunstwerke sind von ihm. Er hat sie

geschnitzt. Da seht ihr, wie erbärmlich das Leben war, das er führen musste!«

Er hielt ihnen die Schnitzereien hin. Emily erkannte einen Tisch, einen Stuhl, eine Liege mit winzigen Gurten – darauf mussten sie Ted festgeschnallt haben –, einen Computerbildschirm, eine Buchstabentafel, wie Augenärzte sie verwenden, und ein Bett.

»Das war alles, was er in den ersten Jahren seines Lebens zu sehen bekam.« Williams stellte die Figürchen vorsichtig wieder an ihren Platz. »Und das war meine Schuld.« Er lief zum Fenster und begann, den Rollladen hochzuziehen.

»Ich kann es ihm nicht verdenken, wenn er mich dafür töten will. Soll er nur kommen. Ich hänge schon lange nicht mehr an meinem Leben …«

»Jetzt reißen Sie sich mal zusammen!« Taylor ging zu Hubert Williams und bohrte ihm ihren Zeigefinger in die Brust.

»Ted braucht Ihre Hilfe, und mit Ihrem Selbstmitleid helfen Sie ihm kein Stück!«

Williams sah sie verblüfft an.

»Sie brauchen gar nicht so zu gucken«, sagte Taylor streng. »Ich weiß, wie das ist, wenn man sich selbst so leidtut, dass man für alles andere blind wird.« Sie warf Emily und John einen schnellen Blick zu.

»Aber wie könnte ich ihm denn helfen?«, fragte Williams.

»Indem Sie uns sagen, wie wir Kontakt mit ihm aufnehmen können. Wir müssen ihn vor dem Sheriff warnen«, sagte Emily.

Hubert Williams sah zwischen Emily und Taylor hin und her.

»Ihr lasst nicht so schnell locker, was?«, sagte er dann. »Na gut, ich hätte da eine Idee …«

DIE ERDNUSSBUTTER-FALLE

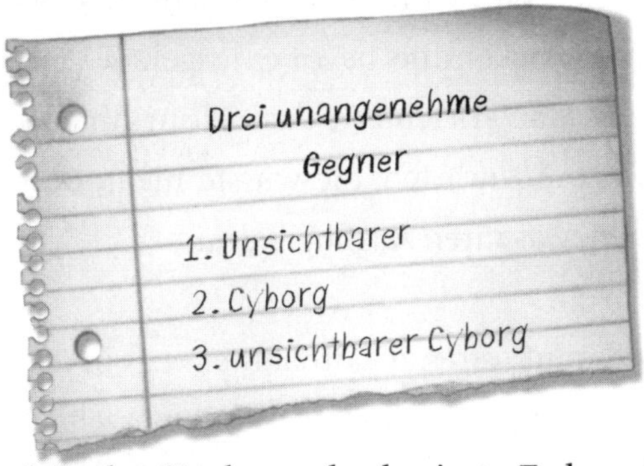

Emily stand in der Küche und schmierte Erdnussbutterbrote. Sie waren ein wichtiger Teil ihres Plans: Hubert Williams hatte ihnen verraten, dass Ted ganz wild auf Erdnussbutter war.

Mom kam herein und sagte erstaunt: »Ich dachte, du magst keine Erdnussbutter.«

»Äh, nein, aber Erdnüsse enthalten jede Menge Eisen«, erwiderte Emily. Es war ein Schuss ins Blaue – sie hatte keine Ahnung, wie viel Eisen in so einer Erdnuss steckte.

Mom zog eine Augenbraue hoch, und Emily fügte schnell hinzu: »Und außerdem liebt Taylor Erdnussbutter.«

Da lächelte Mom. »Ich freue mich, dass du so schnell Freunde gefunden hast. Na, dann viel Spaß bei eurem Ausflug. – Verhungern werdet ihr jedenfalls nicht«, sagte sie mit einem Blick zur Anrichte, auf der sich die Brote stapelten. Dann trat sie ans Küchenfenster.

»Ihr haltet euch vom Wald fern, nicht wahr? Der Sheriff sammelt schon seine Leute. Ich sehe mal, ob ich ein kurzes Interview bekomme, bevor es losgeht.«

Emily war erleichtert, dass Mom hinauslief, ohne ihre Antwort abzuwarten. Sie wusste nicht, ob sie hätte lügen können, was ihren Ausflug betraf.

Kurz darauf waren die drei unterwegs in den Wald.

Emily trug einen Rucksack mit vierzehn Erdnussbutterbroten, Taylor starrte konzentriert auf das Display ihres Smartphones. Nur John trug nichts. Er musste die Hände frei haben, wenn es so weit war.

»In Deckung!«, zischte Taylor nun schon zum x-ten Mal. Sofort ließen sie sich hinter einem Baum zu Boden fallen. Sekunden später liefen zwei Hilfssheriffs mit gezückten Gewehren keinen Meter entfernt an ihnen vorbei.

»Okay, weiter«, zischte Taylor kurz darauf.

Sie hatte sich wieder in Jack O'Malleys Netzwerk eingehackt und verfolgte die Aufnahmen seiner Tauben. Diesmal war die Gefahr gering, dass sie aufflogen, hatte sie Emily und John erklärt, weil Jack sein Netzwerk vorübergehend freigegeben hatte, damit der Sheriff und seine Leute es für ihre Suche nutzen konnten.

Das bedeutete aber auch, dass die drei sich nicht nur vor den Leuten des Sheriffs verstecken mussten, sondern auch vor Jacks Tauben. Darum sagte Taylor alle naselang: »In Deckung!« Dementsprechend sahen sie mittlerweile auch aus: völlig verdreckt und mit Blättern und Piniennadeln bedeckt. Emily juckte es überall, aber sie tröstete sich damit, dass es wenigstens eine gute Tarnung war.

Endlich sagte Taylor: »Hier ist es günstig. Niemand in der Nähe.«

Niemand, den wir sehen können, dachte Emily mit einem Schaudern. Jetzt wurde es ernst.

Sie packte die Erdnussbutterbrote aus. Sogar für ihren ganz normalen Geruchssinn rochen sie ziemlich stark.

Dann machten sie alle drei, dass sie wegkamen. John entfernte sich nur wenige Meter, aber Emily und Taylor hielten erst etwa hundert Meter entfernt an. Von ihrem Versteck hinter einem Termitenhügel aus beobachteten sie, was geschah.

Es war heiß, Emily hatte seit Tagen zu wenig geschlafen, und je länger sie warteten, desto müder wurde sie, bis ihr die Augen zufielen. Hätte Taylor nicht plötzlich aufgeschrien und wäre losgerannt, hätte sie wohl alles verpasst.

Als Emily die Augen aufschlug, sah sie gerade das vorletzte Erdnussbutterbrot im Nichts verschwinden. John stürzte sich auf die Stelle, an der nun auch das letzte Brot verschwand – und plötzlich schwebte er. Schneller, als Emily gucken konnte, durchschnitten seine Arme die Luft,

als er gegen seinen unsichtbaren Gegner zu kämpfen begann. John fiel, kam auf den Füßen auf, sprang wieder hoch. Emily hatte noch nie jemanden gesehen, der sich so schnell bewegte. Man hätte denken können, dass John dieselben Beschleunigungskräfte besaß wie der Cyborg. Aber es dauerte nur Sekunden – Taylor erreichte eben den Kampfplatz –, bis John sich dem Unsichtbaren geschlagen geben musste.

Für einen Augenblick wurde der Cyborg sichtbar. Er

beugte sich über John, vergewisserte sich, dass er nicht verletzt war, und löste sich wieder in Luft auf.

»Nein!«, schrie Taylor. Und Emily rief: »Bitte, Ted, gib uns nur eine Minute!«

Sie zuckte zurück, als der Cyborg direkt vor ihr wieder erschien.

»Eine Minute«, sagte er. »Und dein Freund hört mit dem Karatezeug auf.«

»Einverstanden«, brummte John. Er saß auf der Erde und bewegte vorsichtig jeden einzelnen seiner Finger.

Taylor hatte schon wieder ihr Smartphone in der Hand. »Ich passe auf, dass uns niemand stört.«

Damit war es Emilys Aufgabe, mit Ted zu reden, und das erschien ihr plötzlich gar nicht mehr so einfach. Jetzt, wo der muskelbepackte Cyborg in voller Größe vor ihr stand, fragte sie sich, ob er Hubert Williams nicht doch etwas antun wollte …

»Woher kennst du meinen Namen?«, fragte Ted da.

Nein, wenn er ihn hätte umbringen wollen, hätte er das schon längst getan, dachte Emily. Sie holte tief Luft. »Von Hubert Williams«, sagte sie.

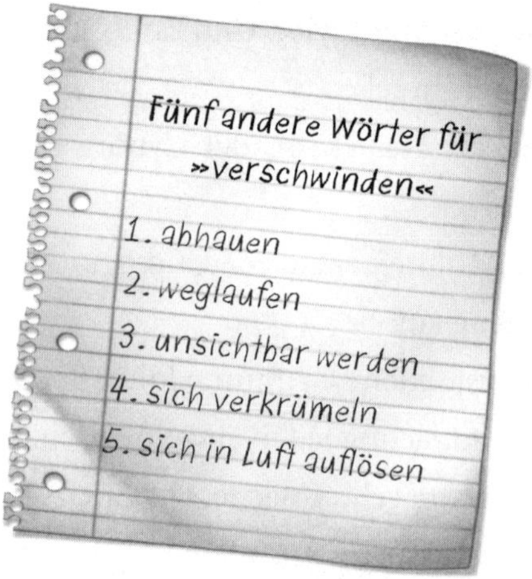

»Du kennst Hubert?!«

Ted legte den Kopf schief wie der Mann, dessen Klon er war, und sah Emily so entgeistert an, dass sie grinsen musste.

»Ja, ich kenne ihn. Er hat uns von dir erzählt.«

Ted verschwand für einen Moment, erschien einige Meter weiter, verschwand wieder, erschien neben Emily, verschwand noch einmal.

Vermutlich war das seine Art, aufgeregt hin und her zu rennen. Emily wartete geduldig, bis er wieder sichtbar blieb.

»Lebt er … in der Stadt?«, fragte Ted.

»Ähem!!«, kam es von John.

Emily zögerte, weil sie genau wusste, was John dachte: Wenn Ted bisher gar nicht gewusst hatte, dass Hubert

Williams ganz in der Nähe war, dann hatte er ihn bisher auch nicht angreifen können. Vielleicht wollte er jetzt die Gelegenheit nutzen?

Sie sah Ted an, aber in seinem Gesicht war keine Wut zu sehen. Im Gegenteil: Ted sah irgendwie … ja, er sah hoffnungsvoll aus.

»Ja«, sagte Emily.

»Ich muss zu ihm!«, rief Ted aufgeregt, und schon war er wieder verschwunden.

O nein, was habe ich getan?, dachte Emily.

Da erschien Ted wieder.

»Äh, wo genau wohnt er denn?«

»Das sage ich dir, wenn wir uns unterhalten haben.« Emily ließ sich auf die Erde sinken und winkte John herbei. »Setz dich«, sagte sie dann zu Ted. »Und erzähl uns, warum du hier im Wald lebst.«

Es war eine traurige Geschichte, auch wenn Ted sie nur stichwortartig erzählte, weil er es einfach nicht erwarten konnte, Hubert Williams wiederzusehen.

Ted war nach Hubert Williams' Ausstieg aus dem aktiven Geheimdienst für weitere Experimente festgehalten worden. Und während Williams dachte, Ted sei tot, war Ted davon überzeugt, Hubert habe ihn im Stich gelassen. Er verlor jeden Lebensmut und vegetierte nur noch vor sich hin. An Flucht dachte er nie. Bis eines Tages einer der Wissenschaftler, die mit ihm arbeiteten, seinen Laptop in Teds Zimmer liegen ließ.

Ted sog alle Informationen über die Welt da draußen, die er noch nie gesehen hatte, wie ein Schwamm in sich auf. Er konnte sich nicht sattsehen an den Bildern von Bäumen, Feldern, Tieren, Flüssen und Meeren, die auf dem Laptop gespeichert waren. Und noch bevor er alles gesehen und durchgelesen hatte, wusste er, dass er sich diese herrliche Welt ansehen wollte.

Als eine der letzten Dateien entdeckte er die über Undercover City, und ihm wurde klar: Wenn es auf der Welt einen Ort für jemanden wie ihn gab, dann war das diese Stadt. Dort würde er gar nicht auffallen, denn dort war man an neueste Technologien und sicher auch an den Anblick wissenschaftlicher Monstrositäten gewöhnt. Er hatte sich die Lage von Undercover City mithilfe seines fotografischen Gedächtnisses eingeprägt und war aus der Forschungseinrichtung, in der man ihn gefangen hielt, geflohen.

»Einfach so?«, fragte Emily ungläubig nach.

Ted lächelte. »Für jemanden mit meinen Fähigkeiten ist das ein Klacks. Ich hatte vorher nur noch nie den Wunsch gehabt, abzuhauen, sonst hätte ich es längst getan. Aber Hubert war wie ein Vater für mich, und das Labor war alles, was ich kannte.« Sein Lächeln verschwand. »Und als Hubert dann weg war, war mir alles egal. Ich habe nichts mehr vom Leben erwartet.«

Emily und John schwiegen bedrückt, während Ted seine Geschichte zu Ende erzählte.

Er hatte Undercover City gefunden, hatte dann aber ratlos vor dem Canyon gestanden, der ihm unüberwindbar schien. Doch sein überragendes Gehör hatte ihm verraten, dass die Stadt direkt vor ihm liegen musste: Er konnte das Surren von Elektroautos hören und Menschen, die sich lauthals wegen eines Kaugummis stritten. (*Einer von denen war bestimmt James Miller,* dachte Emily.) Also hatte Ted die Augen geschlossen, hatte sich auf seine übrigen Sinne verlassen und so den Canyon überwunden.

»Aber dann hat mich der Mut verlassen.« Ted ließ den Kopf hängen. »Die Menschen waren alle so … so normal. Nicht solche Monster wie ich …«

»Du bist kein Monster!«, sagte Emily empört. »Na gut, du hast glasfaserverstärkte Knochen und Supersinne …«

»… und vergiss die Sache mit der superschnellen Bewegung nicht«, warf Taylor ein, die ein paar Meter entfernt an einem Baum lehnte. »Und dass er unheimlich stark ist.«

Sehr hilfreich, dachte Emily und warf Taylor einen bösen Blick zu. Aber die sah schon wieder auf ihr Smartphone und merkte nichts davon. Im Gegensatz zu Ted.

»Sei nicht böse auf deine Freundin«, sagte er. »Sie hat ja recht. Die Menschen werden mich niemals akzeptieren. Ich werde ihnen immer unheimlich sein.«

»Das hab ich gar nicht gemeint«, sagte Taylor, ohne von ihrem Display aufzublicken. »Du solltest mal sehen, was für abgedrehte Typen in Undercover City leben! Dieser James Miller mit seiner Müllphobie und seinen DNA-Tests von Hundehaufen ist mir viel unheimlicher als du. Ich finde es total cool, was du alles kannst.«

»Ich auch«, sagte John. »Zumindest, solange du fair kämpfst.«

Ein Lächeln stahl sich in Teds Gesicht.

»Wirklich?«

»Na klar«, sagte Emily. »Die anderen werden dich garantiert auch mögen, wenn sie dich erst mal kennengelernt haben.« Sie stand auf. »Und jetzt bringen wir dich zu Hubert Williams, wenn du willst. Er hat dich schrecklich vermisst, weißt du?«

Ted strahlte übers ganze Gesicht.

»In Deckung!«, rief Taylor in diesem Augenblick. »Verdammt, wenn man einen Moment mal nicht aufpasst … Vier Leute kommen direkt auf uns zu! Lauft!«

DIE ENTSCHEIDUNG

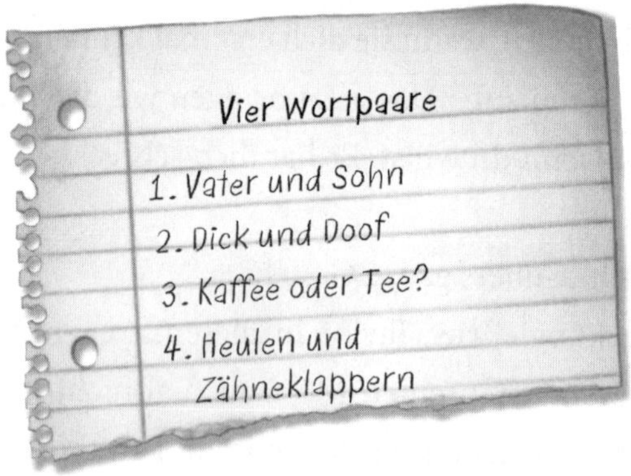

Emily sprintete los. Aber sie kam nicht von der Stelle! Und da hinten konnte sie schon Bob Smith sehen!

»Ich bin schneller als ihr!«, rief Ted. »Ich trage euch.«

Und schon fand sich Emily auf seinem Rücken wieder. Ted klemmte sich John unter den einen Arm, Taylor unter den anderen, Emily hörte den Sheriff brüllen: »Hey, ihr da!« Dann rauschte es nur noch, und die Welt um Emily herum verschwamm.

Die Bäume flogen an ihnen vorbei, Tauben hingen bewegungslos in der Luft, sodass Emily nur die Hand hätte ausstrecken müssen, um sie vom Himmel zu pflücken. Sie sah einen Hubschrauber über sich, dessen Rotoren stillzustehen schienen.

Als Ted mitten durch eine regungslose Gruppe von Hilfsheriffs hindurchrannte, stellte Emily fest, dass sie jeden

Pickel auf den Nasen der Männer und Frauen sehen konnte. *Aber mich können sie ja gar nicht sehen,* dachte sie nach einer Schrecksekunde erleichtert. Für sie war Emily nichts als ein Windstoß und ein Flirren in der Luft.

Emilys Augen brannten, der scharfe, eiskalte Wind trieb ihr die Tränen in die Augen. Sie blinzelte – und bekam plötzlich einen heftigen Schlag auf den Arm. Sie wollte den Arm heben, aber das ging natürlich nicht. Nicht einmal den Kopf konnte sie drehen! Da wurde die Luft mit einem Mal wärmer, das Rauschen verschwand. Ted hatte angehalten.

»Ich hab die Biene zu spät gesehen, tut mir leid. Lass mal sehen.«

Emily versuchte, den Arm zu heben, und stieß einen Schrei aus. »Was ist das?!«

»Ganz ruhig«, sagte Ted. »Das ist nur eine Prellung. So was tut weh, ist aber nicht gefährlich. Können wir weiter?«

Die Biene hatte Emily durch die enorme Geschwindigkeit, mit der sie unterwegs waren, mit der Wucht einer Kanonenkugel getroffen. So kam es ihr zumindest vor. Aber sie konnte schon die Stimmen hinter sich hören. Darum biss Emily die Zähne zusammen und nickte.

Im nächsten Augenblick klammerte sie sich wieder an Teds breitem Rücken fest, die Welt verschwamm und das Rauschen kehrte zurück. Emily versuchte, möglichst viel von ihren Armen und Beinen hinter Teds Rücken zu verbergen, um nicht noch einmal getroffen zu werden. So fühlte sie sich sicher, zumal Ted jedem Hindernis geschickt auswich.

Doch dann versuchte sie zu atmen – und konnte es nicht! *Der Luftwiderstand ist zu groß, das ist der Grund,* dachte sie ganz nüchtern, und dann: *Ich ersticke!*

Doch bevor die Panik sie überwältigen konnte, war es auch schon vorbei.

Es gab einen heftigen Ruck, dann standen sie vor dem Haus der Browns.

Mit angezogenen Beinen saß Emily auf ihrem Bett, neben sich Taylor, die ebenso angespannt war wie Emily. Hin und wieder murmelte sie etwas wie »Wenn er mein Smartphone kaputt macht, bring ich ihn um!«

Nur mit viel Glück hatten sie dem Sheriff und seinen Leuten entkommen können. Aber Emily war sicher, dass er sie gesehen hatte. Es war nur eine Frage der Zeit, bis er hier vorbeikommen würde, um sie zur Rede zu stellen.

Wo blieb John bloß?

Als sie vor Emilys Haus standen, hatte er Taylor das Smartphone aus der Hand genommen und es Ted gegeben. Sie protestierte zunächst lautstark, stimmte später aber doch zu, nachdem sie Johns Plan verstanden hatte. Allerdings hatte Ted noch nie in seinem Leben ein Smartphone in der Hand gehalten, und darum war John kurzerhand auf seinen Rücken geklettert. Und jetzt waren sie da draußen, um die Sache gemeinsam zu erledigen.

Und Emily und Taylor warteten auf die beiden, seit einer Ewigkeit, wie es Emily schien. Ted konnte man kaum fangen, um ihn machte sie sich keine Sorgen. Aber bestimmt hatten sie John geschnappt. Emily mochte gar nicht daran denken, welchen Ärger er dann bekommen würde.

Und sie und Taylor auch, wenn der Sheriff sie erkannt hatte.

Emily schaute zu der Uhr auf ihrem Schreibtisch. Kaum zu glauben, aber sie waren erst seit zwei Minuten hier …

Da ging die Tür auf. Emily fuhr zusammen. War das Mom oder Dad – oder der Sheriff?

Nein, es waren tatsächlich John und Ted!

»Wollt ihr noch länger da rumsitzen, oder kommt ihr mit?«, sagte John.

Diesmal holte Emily ganz tief Luft, bevor Ted sie in Windeseile zu Hubert Williams' Haus brachte.

Zum ersten Mal stand die Tür bei Williams offen. Offenbar erwartete er sie.

Aber plötzlich schien es niemand mehr eilig zu haben.

Was würde passieren, wenn die beiden sich wiedersahen? Emily war sich mit einem Mal nicht mehr sicher. Es gab so viel, was schiefgehen konnte: Ted könnte bei Huberts Anblick merken, dass er ihn doch hasste. Der Sheriff könnte ihren in aller Eile zusammengeschusterten Plan durchschauen …

»Also los«, sagte Taylor in forschem Ton. Aber sie rührte sich nicht.

»Das ist doch albern!« John machte einen Schritt, aber der Cyborg hielt ihn mit seiner riesigen Hand zurück.

»Ich würde gern erst allein mit Hubert sprechen.«

Emily sah zu John, der die Stirn runzelte. Dann zuckte er die Achseln, als wollte er sagen: »Wir können ihn sowieso nicht daran hindern.«

Ted zögerte, dann ging er hinein.

Kurz darauf schrie Hubert Williams auf.

»Mist!« Taylor wollte ins Haus stürmen, aber da hörten sie Hubert Williams rufen:

»Mein Gott, Ted, du bist es wirklich!«

Emily schluckte, John verbarg das Gesicht hinter seiner Haarsträhne, und sogar Taylor schaute verlegen auf den Boden.

Sie warteten noch eine Ewigkeit – so kam es Emily zumindest vor –, bis Williams endlich rief: »Kommt rein!«

Als sie ins Wohnzimmer kamen, brachen Emily und Taylor in erleichtertes Gelächter aus, und sogar John grinste. Es sah aber auch zu komisch aus, wie Ted und Hubert da nebeneinander auf der Couch saßen, beide mit einer geblümten Teetasse in der Hand und mit zur Seite geneigtem Kopf!

Hubert Williams war kaum wiederzuerkennen. Alle Traurigkeit war von ihm abgefallen, er wirkte wie verwandelt. Er sprang auf, schüttelte ihnen allen die Hände und rief immer wieder: »Danke! Danke, dass ihr mir Ted wiedergebracht habt!«

»Äh, ja, gern geschehen«, sagte John, dem das sichtlich peinlich war. Und dann umarmte Hubert ihn auch noch! John vergrub die Hände in den Hosentaschen. Im nächsten Moment zog er Taylors Smartphone hervor.

»Mr Williams, das hier wird Sie interessieren«, sagte er, und zu seiner sichtlichen Erleichterung ließ Hubert Williams ihn endlich los.

»Was ist das denn?«, wollte er wissen.

»Diese Aufnahmen haben Ted und ich gemacht«, sagte John. »Ich denke, damit können wir den Sheriff überzeugen.«

»Welche Aufnahmen?«, fragte Williams. »Und wovon wollt ihr Bob überzeugen?«

»Das werden Sie gleich sehen.« Taylor grinste.

Dann quetschten sie sich alle nebeneinander auf die Couch. Ted, der in der Mitte saß, nahm Taylors Smartphone, und sie beugten sich über das kleine Display.

Auf dem ersten Foto war ein Kojote zu sehen, auf dem nächsten waren es zwei andere, und das dritte zeigte ein ganzes Rudel, das aus einiger Entfernung aufgenommen worden war.

Emily nickte zufrieden.

»Kojoten?«, fragte Williams überrascht.

John setzte zu einer Erklärung an, aber er kam nicht mehr dazu, weil in diesem Moment die ohrenbetäubende Türklingel losschrillte.

Das musste der Sheriff sein, der sie im Wald gesehen hatte! Emily sprang auf, aber John zog sie zurück auf die Couch und schüttelte den Kopf.

Er hatte recht. Es hatte keinen Sinn, wegzulaufen. Sie konnten einfach nur hoffen, dass sie den Sheriff von der Geschichte überzeugen konnten, die John sich ausgedacht hatte. Emily kannte nicht alle Einzelheiten, aber John war unheimlich klug, bestimmt hatte er an alles gedacht.

Bestimmt.

Nur hatte John sehr wenig Zeit gehabt. Vielleicht zu wenig, um einen wasserdichten Plan auszuhecken. Und Bob Smith mochte zwar cool und lässig sein – aber er war nicht dumm. Und er war der Sheriff.

Nur gut, dass Ted jederzeit entkommen konnte. Aber das war keine Dauerlösung. War John wohl auch etwas eingefallen, wie sie erreichen konnten, dass der Cyborg sich nicht länger zu verstecken brauchte?

Es klingelte wieder, und diesmal ließ derjenige vor der Tür den Finger auf dem Klingelknopf liegen.

Hubert Williams und Ted flüsterten miteinander. Dann nickte Ted, und im nächsten Moment … war er verschwunden.

»Ich komme!«

Hubert Williams lächelte Emily und den anderen aufmunternd zu, aber das Lächeln verschwand, als er zur Tür ging.

Kurz darauf kam er mit Bob Smith zurück.

»Da seid ihr ja«, sagte der Sheriff. Sein hellbrauner

Overall hatte dunkle Flecken, und aus seinem langen Pferdeschwanz hatten sich einige Strähnen gelöst. Er sah die drei so ernst an, wie Emily ihn noch nie erlebt hatte.

Das kann nicht gut gehen, dachte sie, und ihr wurde flau.

John und Taylor standen auf, Emily stellte sich mit wackeligen Knien neben sie.

»Verhaften Sie uns jetzt?«, fragte Taylor.

»Verdient hättet ihr es ja«, brummte Bob Smith. »Was habt ihr euch nur dabei gedacht, trotz meines Verbots im Wald herumzustreunen? Ihr hättet angeschossen werden können!«

Emily wartete darauf, dass er noch mehr sagte: dass er gesehen hatte, wie ein hünenhafter Mann sie getragen und sich dann in Luft aufgelöst hatte …

»Aber, ey, ihr könnt ganz schön rennen«, fuhr der Sheriff fort. »Hätte einer meiner Jungs euch nicht kurz gesehen, bevor ihr wie der Blitz verschwunden seid, hätten wir euch nicht identifizieren können.« Seine Miene verfinsterte sich. »Wo ihr doch eure Chips deaktiviert habt.«

Er hatte Ted nicht gesehen! Emily lachte erleichtert los, aber der finstere Blick des Sheriffs brachte sie schnell wieder zum Schweigen.

»Kinder!«, kam es da von Hubert Williams, der in gespielter Verzweiflung die Arme hob und Bob Smith mit diesem speziellen überheblichen Erwachsenenblick anlächelte, der

Emily normalerweise total wütend machte. Aber diesmal war sie dankbar dafür, denn der Sheriff seufzte:

»Da sagen Sie was …«

Williams zwinkerte den dreien blitzschnell zu, dann wandte er sich wieder an den Sheriff.

»Wo Sie gerade hier sind, Bob: Um welche Uhrzeit erwarten Sie morgen eigentlich meinen Sohn?«

Emily sah die anderen erschrocken an. Taylor hatte die Augen aufgerissen, und auch John wirkte verwirrt. Doch einen Moment später nickte er zufrieden, und da entspannte Emily sich ein wenig. Offenbar wusste John schon, worauf Williams hinauswollte.

»Sie haben einen Sohn?«, fragte Bob Smith überrascht.

»Ja.« Hubert Williams strahlte. »Und ab morgen wird er hier bei mir leben.«

»Super!«, rief Taylor. »Ich mein, da freuen Sie sich bestimmt«, ergänzte sie hastig.

Der Sheriff kramte in seiner Jacke nach seinem Smartphone.

»Und er ist für morgen angemeldet?« Er tippte auf dem Display herum. »Ich hab gar keine Anmeldung vorliegen.«

Williams runzelte die Stirn. »Das ist ja merkwürdig.«

»Da hat offenbar jemand geschlampt.« Bob Smith kratzte sich am Kopf. »Oder ich hab's selbst verbockt. Diese neue Aufgabenverwaltungs-App macht mich noch wahnsinnig!«

Er steckte das Smartphone wieder ein. »Okay, darum kümmere ich mich morgen. Erst mal müssen wir endlich denjenigen finden, der Jacks Hund angegriffen hat.«

»Ich glaube, da können wir Ihnen helfen«, sagte John.

»Echt?«, sagte der Sheriff.

Emily sah zur Couch, auf der sie eben die Fotos betrachtet hatten. Aber Taylors Smartphone lag nicht dort, und Emily fiel siedend heiß ein, dass Ted es zuletzt in der Hand gehabt hatte.

»Äh …«, sagte John, der sich ebenfalls umgeschaut hatte. »Äh, ja, Sie wissen ja, dass wir im Wald waren …«

»… was wir natürlich nicht hätten tun sollen«, unterbrach Emily, um Zeit zu gewinnen.

Taylor nickte mit ernster Miene. »Genau. Das war total falsch von uns.«

Bob Smith schmunzelte.

»Na, jedenfalls«, sagte John, dann hielt er plötzlich inne. Ein Luftzug wehte durch den Raum. Und John starrte ungläubig auf Taylors Smartphone, das plötzlich in seiner Hand erschienen war.

»Was ich sagen wollte«, sagte er nach einer Schrecksekunde und hielt dem Sheriff das Smartphone hin, »wir haben herausgefunden, wer Jacks Hund angefallen hat.«

EIN MÄRCHENHAFTER ABEND

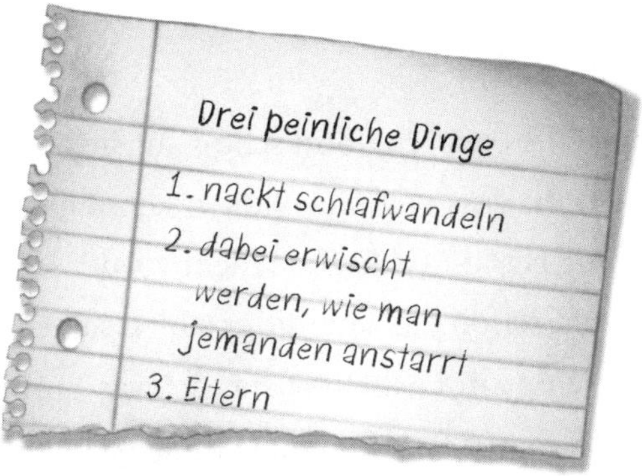

Es war dunkel, als Emily mit Mom und Dad zum »CIA« spazierte. Die Straßenlaternen, die am Tag wie geschlossene Blüten aussahen, entfalteten sich eine nach der anderen und erhellten jeweils den Abschnitt des Bürgersteigs, auf dem sie gerade gingen.

»Was für ein herrlicher Abend«, schwärmte Mom. Sie war in Hochstimmung, weil ihr Interview mit Bob Smith morgen auf der Titelseite des »Top Secret« stehen würde, in dem er erzählte, wie er die Kojoten aufgespürt und aus dem Wald vertrieben hatte.

»Und wie«, stimmte Emily aus vollem Herzen zu.

Der Sheriff hatte John, Taylor und sie direkt zu Dr. Parker gebracht, die ihnen neue Chips eingesetzt und auch gleich Emilys Prellung versorgt hatte. Aber darüber hinaus hatte

Bob Smith sie nicht bestraft. Und er hatte auch niemandem verraten, welche Rolle die drei in der Kojoten-Sache gespielt hatten.

Vor dem »CIA« wartete John schon auf sie.

»Wie schön, dass wir uns endlich kennenlernen!« Mom ergriff seine Hand und ließ sie nicht wieder los.

»Emily hat schon viel von dir erzählt«, sagte Dad.

John brachte ein Lächeln zustande, was Emily ihm hoch anrechnete. Eltern konnten manchmal so peinlich sein!

Freddy führte sie persönlich zu ihrem Tisch, und Dad verschwand kurz darauf hinter der Bühne. Darum übernahm Mom es, Emilys neuen Freund auszufragen: was sein Lieblingsfach in der Schule war, was er gern tat, wofür er sich interessierte … Und schon bald waren die beiden in ein angeregtes Gespräch über Tierkommunikation vertieft.

Emily nippte an ihrem Eistee und betrachtete John verstohlen von der Seite. Er hatte es tatsächlich geschafft, den Sheriff davon zu überzeugen, dass die Kojoten Jacks Hund angefallen und die Vögel im Wald verscheucht hatten. Und das alles hatte John sich in Sekundenschnelle ausgedacht, als die Leute des Sheriffs nur noch wenige Schritte entfernt waren.

»Schade, dass Taylor nicht auch hier sein kann«, sagte Mom und riss Emily damit aus ihren Gedanken.

»Äh, ja …«, sagte Emily.

Taylor war zu Hause geblieben, um sich in das Netzwerk der Stadt einzuhacken. Sie wollte Dokumente einschmuggeln, die belegten, dass Ted Hubert Williams' Sohn und außerdem ein ehemaliger Agent war, der sich entschieden hatte, in Undercover City zu leben. Bevor der Sheriff sich morgen damit beschäftigte, musste das erledigt sein.

Das konnte Emily Mom natürlich nicht erzählen. Aber irgendetwas musste sie sagen.

Jetzt sah auch John sie fragend an. Hatte er etwa gemerkt, dass Emily ihn eben angestarrt hatte? Sie spürte, dass sie rot wurde. Nicht schon wieder!

»Ganz schön heiß hier«, sagte John lächelnd.

»Äh, ja.« Emily wedelte sich mit dem Schirmchen ihres Eistees Luft zu, während Mom erstaunt eine Augenbraue hob.

»Was Taylor betrifft«, sagte Emily schnell. »Sie hat ja morgen Geburtstag … Und sie muss noch einiges für die Party vorbereiten.«

»Hat Megan nicht erzählt, dass es eine Überraschungsparty werden soll?«, fragte Mom.

Hilfesuchend sah Emily zu John.

»Eigentlich schon«, sagte er. »Aber Taylor hat es trotzdem herausgefunden.«

Mom seufzte. »Manchmal habe ich das Gefühl, dass ihr Kinder uns immer schneller überflügelt …«

In diesem Moment trat Dad auf die Bühne, setzte sich ans Klavier und begann zu spielen. Emily lehnte sich zurück.

Sie dachte an Jenny und was sie ihr alles erzählen würde, wenn sie könnte. Von Taylor und John, von dem nicht-wirklich-unsichtbaren Cyborg Ted, von Jack O'Malley und seinen Fototauben, von den *Wehrhaften Gehölzen*™, von James Miller und seinen Kaugummitests …

Und von all den Geheimnissen, die hier in Undercover City noch darauf warteten, dass Emily und ihre neuen Freunde sie lösten. Warum saßen zum Beispiel immer andere Frauen auf der Veranda der Jones und nähten am selben Overall? Wie duftete eine Prismargerite? Und was stand eigentlich genau in der fünfzigseitigen Schulordnung?

Das und noch viel mehr würde Emily herausfinden. Genug Zeit dafür hatte sie ja, weil sie nicht mehr umziehen würden.

Erst jetzt begriff Emily, was das wirklich bedeutete: Sie hatte endlich ein Zuhause gefunden.

Und was für eines!

© privat

Gabi Neumayer

Gabi Neumayer, geb. 1962, lebt in Bergheim bei Köln und ist Autorin, Lektorin und Chefredakteurin des Autorinnennewsletters *The Tempest*. Sie schreibt vor allem für Kinder – unter anderem Science-Fiction-Geschichten, englische Lernkrimis, Bilderbücher und Sachbücher. Bei Beltz & Gelberg erschienen von ihr der Jugendroman *Als die Welt zum Stillstand kam* sowie die *Undercover City*-Reihe. Mehr Infos auf ihrer Homepage: www.gabineumayer.de